KB078055

상남자스타일 5

임영기 장편소설

초판 1쇄 찍은 날 § 2018년 4월 19일
초판 1쇄 펴낸 날 § 2018년 4월 26일

지은이 § 임영기
펴낸이 § 서경석

총괄팀장 § 최하나
편집책임 § 이지연
디자인 § 신현아

펴낸곳 § 도서출판 청어람
등록번호 § 제387-1999-000006호
등록일자 § 1999. 5. 31
어람번호 § 제1-2887호

주소 § 경기도 부천시 부일로 483번길 40 서경B/D 3F (우) 14640
전화 § 032-656-4452 팩스 § 032-656-4453
http://www.chungeoram.com
E-mail § chungeorambook@daum.net

ⓒ 임영기, 2018

ISBN 979-11-04-91711-0 04810
ISBN 979-11-04-91631-1 (세트)

5

FUSION FANTASTIC STORY

임영기 장편소설

상남자
스타일

도서출판 청어람

Contents

제31장
휴가

　나란히 앉아 있던 중년 부부와 미아가 다가오는 선우를 발견하고 벌떡 일어났다.

　"오빠."

　미아는 반가움이 가득한 표정으로 선우를 바라보았다.

　선우는 미소 지으며 고개를 끄떡였다.

　미아가 부모에게 선우를 가리키며 소개했다.

　"선우 씨예요."

　미아 아버지는 가볍게 고개를 숙였고, 엄마는 두 손을 앞에 모으고 구십 도로 허리를 굽히며 인사했다.

이런 식의 인사는 그들이 선우를 존경해서가 아니라 처음 보는 선우에 대한 일본식의 예절일 뿐이다.

선우는 마주 고개를 숙였다.

혜주의 설명에 의하면 미아 부모는 선우를 심부름센터를 운영하는 대행업자 정도로 알고 있다고 했다.

미아가 아무리 좋은 말로 덧칠을 하고 골드핑거라는 이름이 한국 연예계에서 얼마나 알아주는 별명인지 입이 닳도록 설명해도 선우는 일개 심부름센터 대행업자일 뿐이다.

그런 직업은 한국보다는 일본에서 더 많이 세분화되어 있으며 일본 사람들에겐 매우 나쁘게 인식되어 있었다.

일본에서의 심부름센터 대행업자들은 목적을 위해서라면 수단과 방법을 가리지 않는, 비열하고 몰상식하면서 거칠고 저질이기 때문이다.

미아가 선우에 대해서 알고 있는 지식을 최대한 좋게 포장해서 부모에게 설명했어도 결론은 심부름센터 대행업자는 다 똑같은 것이라는 사실에 귀결했다.

혜주는 미아 부모를 일본에서 데려와 이곳 호텔 객실을 예약하고 안내하는 것을 모두 부하를 시켰기 때문에 그들은 선우와 혜주를 처음 봤다.

하지만 미아는 혜주를 알고 있다. 혜주가 미리 미아를 만나서 선우의 신혈과 반신족에 대해서 설명을 해주었기 때문이다.

그렇지만 혜주는 미아에게 자신이 선우의 비서라고만 얘기했을 뿐 선우에 대해서는 아무것도 말하지 않았다.

미아의 부모, 아니, 아버지는 몹시 완고했다.

그는 선우의 신혈에 대해서도 믿으려고 들지 않았으며, 특히 선우의 직업을 마음에 들어 하지 않았다.

그러면서 미아가 선우의 잘생긴 외모에 반해서 두 사람이 불장난을 하는 것이라고 생각했다.

그래서 미아 아버지 야마자키는 미아의 한국에서의 모든 연예 활동을 접고 일본으로 데려가겠다는 결론을 내렸다.

딸이 이국땅에서 더 이상 나빠지는 것을 두고 볼 수 없었기 때문이다.

미아가 한국에서 대단한 인기와 수입을 올리고 있지만 그런 것을 다 포기해서라도 딸을 보호하겠다는 아버지의 절실한 마음이었다.

선우로서는 어떻게든 미아의 부모를 설득해야만 하는 입장이다.

그러지 않으면 미아가 일본에 가는 것을 눈 뜨고 지켜봐야만 하고, 그녀의 생명을 연장하기 위해서는 정기적으로 일본으로 날아가 섹스를 해주고 와야만 했다.

미아의 아버지 야마자키가 우선적으로 제일 마음에 들지

않는 것은 선우의 직업이었다. 선우는 대화를 하는 중에 그것을 느꼈다.

그러는 데는 그가 일본 오사카에서 이름만 대면 알아주는 글로벌 다국적 대기업의 고위급 임원으로 재직하고 있기 때문이기도 했다.

즉, 사회적으로 잘나가는 소위 1%의 프라이드가 선우 같은 밑바닥 인생을 받아들이지 못하는 것이다.

그런 상황에 선우가 미아하고 결혼을 하겠다는 것도 아니고 그저 가문의 일원으로 받아들이겠다는 식의 터무니없는 말 따위는 야마자키에게 씨도 먹히지 않았다.

그나마 야마자키하고 대화를 이끌어주던 혜주가 잠시 자리를 비우게 되자 선우는 꿀 먹은 벙어리가 되어 아무 말도 하지 못했다.

미아는 사랑하는 선우 옆에 앉고 싶지만 엄한 아버지의 눈치를 보느라 감히 엄두도 내지 못했다.

선우는 자리에 앉은 이후 한마디도 하지 않고 애써 담담한 표정을 짓고 있었다.

미아의 부모는 선우가 일본어를 하지 못하는 것으로 생각해 그에게 직접 말을 걸지 않고 혜주나 미아를 통해서 이것저것 물어보곤 했는데 이제는 어색한 침묵만 이어지고 있었다.

선우는 어떻게 해서든지 꽉 막힌 미아 부모의 마음을 풀어주고 싶었다.

그는 야마자키에게 일본어로 정중하게 물었다.

"실례지만 하시는 일이 무엇입니까?"

"아……."

그가 일본어를 매우 유창하게 구사하자 미아의 엄마 시노가 깜짝 놀라며 탄성을 터뜨렸다.

야마자키도 의외라는 표정이었지만 그 정도로는 굳은 마음을 풀지 않았다.

미아의 엄마 시노가 조심스럽게 설명했다.

"주인께선 일본 마츠모토 중전기(重電機)의 해외 영업 부문 이사예요."

"아……."

선우가 고개를 끄떡였다.

델타인더스트리는 스포그 산하의 글로벌 기업 중의 하나이고, 일본의 공장인 마츠모토 중전기를 거느리고 있다.

델타인더스트리의 본사는 한국에 있으며, 한국을 비롯한 미국과 독일, 영국, 일본, 호주 등지에 14개의 공장을 거느리고 있는 부동의 세계 제1위의 중공업, 항공, 조선, 전기, 전자의 복합 다국적기업이다.

델타인더스트리는 스포그 전체 매출의 4%를 차지할 정도로 규모가 크다.

선우는 야마자키가 스포그 산하 델타인더스트리 소속이라는 사실에 조금 마음이 놓였다.

조금 전까지만 해도 캄캄했는데 이제는 조금쯤 앞길이 트이는 것 같았기 때문이다.

선우는 야마자키를 보며 직접 일본어로 말했다.

"해외 영업 부문이라면 출장이 잦으시겠군요?"

이번에도 야마자키는 굳은 얼굴로 대답하지 않고 부인 시노가 대신 대답했다.

"15년 전에는 가족 전체가 스페인 마드리드에서 4년 동안 살았고, 그 후에는 독일 함부르크와 미국 뉴욕에서 각각 2년 동안 살았어요."

시노는 딸 미아가 선우를 사랑하고 있는 것 같아서 어떻게든 두 사람을 맺어주고 싶었지만 그녀에겐 그럴 만한 힘이 없어서 안타까운 마음이었다.

선우가 스페인어로 불쑥 물었다.

"혹시 레알마드리드 팬이십니까?"

이번에는 시노만이 아니라 야마자키와 심지어 미아까지 깜짝 놀랐다.

미아가 놀라서 선우에게 스페인어로 물었다.

"오빠, 스페인어 할 줄 알아요?"

선우는 벙긋 미소 지었다.

"조금 할 줄 알아."

그때 야마자키가 유창한 스페인어로 선우에게 말했다.

"나는 축구에는 별 관심이 없네. 그 대신 스페인 카탈루냐의 분리 독립에 대해서 관심이 깊네. 자네는 그 문제에 대해서 어떻게 생각하는가?"

짧은 스페인어 실력으로는, 그리고 스페인 내부의 상황에 대해서 지식이 없다면 절대로 대답할 수 없는 질문이다. 야마자키는 선우를 시험해 보고 싶은 모양이다.

선우는 잠시 생각했다.

야마자키는 그런 선우를 굳은 표정으로, 시노와 미아는 안쓰러운 시선으로 바라보았다. 그들은 선우가 대답하지 못할 것이라고 짐작했다.

스페인에서 4년이나 살아본 시노와 미아조차도 야마자키가 묻는 질문에 대해서 아는 바가 없는데 선우가 그걸 어떻게 알겠는가 싶기 때문이다.

잠시 동안 생각을 끝낸 선우는 야마자키를 응시하면서 유창한 스페인어로 답변했다.

"저는 카탈루냐의 분리 독립은 순전히 카탈루냐 주민 투표의 결정에 따라야 한다고 봅니다. 현 카탈루냐 주지사인 카를레스 푸이그데몽은 올해 9월에 카탈루냐 주민 투표를 전격적으로 실시하여 그 결과에 따르겠다고 천명했는데 저는 그 의

견에 전적으로 동의합니다."

그의 대답에 야마자키와 시노, 미아 모두 크게 놀라서 그를 바라보았다.

그가 이렇게 제대로 대답할 것이라고는 어느 누구도 예상하지 못했기 때문이다.

시노와 미아는 이제 야마자키가 어떻게 할 것인지 궁금해서 그를 쳐다보았다.

야마자키는 조금 당황하는 것 같더니 질문을 이었다.

"왜 그렇게 생각하지?"

"자유와 행복의 추구권은 오로지 주민들에게 있기 때문입니다. 그것은 국가가 결정할 일이 아닙니다."

"음, 그렇군."

선우에 대한 선입견이 달라진 야마자키는 그가 조금 마음에 들었지만 그렇다고 마음까지 바꾸지는 않았다.

문제는 딸의 장래였다. 무남독녀 미아를 근본도 없는 남자에게 맡길 수는 없는 일이었다.

그때 혜주가 돌아와 자리를 옮길 것을 권했다.

야마자키는 아까부터 궁금하던 것을 물었다.

"실례지만 아가씨는 누굽니까?"

혜주는 가방에서 지갑을 꺼내 명함 한 장을 야마자키에게 내밀었다.

"인사가 늦었습니다."

무지하게 고급스러운 금박 명함에는 다이아몬드와 루비, 사파이어로 희고, 붉고, 푸른색의 도드라진 한 줄의 글이 쓰여 있었다.

COSMOS. FINANCE. CEO. M. HAEJOO

야마자키는 이처럼 고급스러운 명함을 평생 한 번도 본 적이 없었다.

대수롭지 않게 명함을 보던 야마자키는 움찔 놀라서 두 손으로 명함을 잡으며 자세를 고쳐 앉았다.

"아아……."

시노와 미아는 그가 갑자기 화들짝 놀라자 의아한 표정으로 쳐다보았다.

야마자키는 한동안 뚫어지게 명함을 주시하다가 이윽고 고개를 들어 혜주를 쳐다보았다.

"정말… 코스모스금융사의 회장 민혜주 씨이십니까?"

혜주는 국제 면허증을 꺼내 한 손으로 잡고 야마자키가 잘 볼 수 있도록 그의 얼굴 앞으로 쭉 내밀었다.

야마자키는 영문으로 적혀 있는 혜주의 국제 면허증 사진과 이름 등을 재빨리 살펴보았다.

야마자키는 자신도 모르게 벌떡 일어섰다.

"아아, 미스 코스모스! 저, 저는……."

전 세계 최대 금융회사의 CEO인 민혜주는 일명 미스 코스모스라고 불렸다.

코스모스(COSMOS)는 꽃 이름이 아니라 '우주'라는 뜻이다.

코스모스금융회사의 재산과 능력은 우주처럼 끝이 없다는 뜻이기도 하다.

전 세계에서 내로라하는 유수의 대기업치고 코스모스금융회사에서 자금을 빌리지 않은 회사가 없을 정도이다.

코스모스금융은 스포그 연간 매출의 7%를 차지하고 있었다.

그래서 코스모스금융의 CEO인 혜주를 세계인은 '미스 코스모스'라고 부르길 좋아했다.

야마자키는 그제야 비로소 자신이 자주 보는 경제 잡지와 뉴스에서 혜주의 사진을 본 것을 기억해 냈다.

야마자키는 정수리가 바닥에 닿을 정도로 허리를 굽혔다.

"야마자키 로스케, 큰 결례를 범했습니다. 용서하십시오."

군대로 치면 미스 코스모스는 국방장관쯤 되고 야마자키는 하사 정도이다.

혜주는 엷은 미소를 지었다.

"이걸로 답변이 됐나요?"

야마자키는 진땀을 흘리며 쩔쩔맸다.

"물론입니다, 미스 코스모스."

선우 일행은 자리를 스카이라운지 룸으로 옮겨서 술을 마시기 시작했다.

야마자키는 포춘지나 뉴욕타임즈에 단골로 실릴 만큼 세계적으로 영향력 있는 미스 코스모스가 무엇 때문에 심부름센터 대행업자인 선우하고 같이 있는지 궁금했다.

아니, 딸과 딸의 애인의 일에 어째서 그녀가 관여하고 있는 것인지 이해할 수가 없었다.

최고급 요리와 최고급 와인, 위스키가 나왔고, 혜주는 직접 와인을 따르고 위스키를 브랜딩해서 모두에게 나누어주었다.

선우는 혜주가 이 일을 해결하기 위해서 잠시 나갔다가 돌아온 것이라고 생각했다.

"누가 오기로 했어요."

혜주는 야마자키에게 양해를 구하듯이 말했다.

사실 그녀는 잠시 나갔다가 전화로 누굴 불렀다.

그녀는 수만 마디 말로 야마자키 부부를 설득하는 것보다는 한 방에 해결하기를 원했다.

"누가 옵니까?"

야마자키가 조심스럽게 물었지만 혜주는 다른 말을 했다.

"야마자키 씨, 당신은 이 사람에게 딸인 미아를 맡기기 어려운 거죠?"

야마자키는 선우와 미아를 번갈아 쳐다보고는 곤혹스러운 표정으로 고개를 끄떡였다.

"그렇습니다."

"무엇 때문이죠?"

"그것은……."

야마자키는 선우를 쳐다보고는 용기를 내서 대답했다.

"그의 직업이 불안정하기 때문입니다."

"그것은 만약 그의 직업이 안정됐다면 따님을 그에게 맡길 수 있다는 뜻인가요?"

"안정됐다는 것은 어느 정도를 뜻하는 겁니까?"

혜주는 미소 지으면서 미아를 가리켰다.

"따님을 굶기지 않을 정도면 되지 않을까요?"

"미스 코스모스, 당신은 무엇 때문에……."

똑똑똑.

야마자키가 자신이 궁금하게 여기던 것을 물으려고 할 때 누군가 노크를 했다.

혜주가 문을 향해 말했다.

"들어와요."

척!

문이 열리고 한 사람이 들어와 이쪽을 향해 공손히 허리를 굽혀 인사했다.

그러고는 테이블을 향해 걸어오는데 눈을 껌뻑거리면서 쳐다보다가 비로소 그가 누군지 확인한 야마자키의 눈이 화등잔만 해지면서 경악했다.

"아아……!"

야마자키는 황망하게 벌떡 일어나더니 다가오고 있는 사람에게 허둥지둥 다가갔다.

"아아, 회장님."

그가 알고 있는 한 지금 눈앞에서 걸어오고 있는 이 은발의 멋있는 노신사는 델타인더스트리의 최고 경영자, 즉 회장이 분명했다.

야마자키는 델타인더스트리의 회장을 사진으로 수없이 많이 봤고 직접 만난 적도 여러 차례 있기 때문에 그를 알아보지 못할 리 없었다.

전 세계에 14개의 공장을 거느리고 있는 부동의 세계 제1위의 중공업, 항공, 조선, 전기, 전자의 복합 다국적기업인 델타인더스트리의 회장 송유철이 테이블 가까이 다가왔다.

야마자키에겐 눈길조차 주지 않은 송유철은 앉아서 위스키 온 더 락 잔을 만지작거리고 있는 선우에게 깊숙이 허리를 굽히며 인사했다.

"주군."

선우가 술잔을 내려놓고 그를 쳐다보았다.

"오랜만입니다, 송 회장님."

송유철이 움찔 놀랐다.

"마, 말씀을 낮추십시오."

야마자키와 시노, 미아는 완전히 넋이 달아난 표정으로 그 광경을 지켜보았다.

야마자키 가족이 제정신을 차리기까지는 꽤 오랜 시간이 소요됐다.

델타인더스트리, 혹은 '아이언그룹'이라고 불리는 세계 제일의 중공업 CEO와 코스모스금융의 CEO 미스 코스모스가 선우의 옆에 단정한 자세로 앉아 있다.

맞은편의 야마자키 가족 또한 어느 누구도 자세를 흐트러뜨리지 않고 꼿꼿하게 앉아 있다.

마침내 혜주가 칼, 그것도 천하에 자르지 못하는 것이 없는 보검을 뽑았다.

그녀는 공손히 두 손으로 선우를 가리켰다.

"나는 이분의 비서를 겸직하고 있어요."

"아아……."

이제는 더 이상 놀랄 일이 없을 것 같던 야마자키의 얼굴이 하얗게 탈색되면서 입에서 탄성인지 신음인지 모를 소리가 흘러나왔다.

그는 조금 전까지만 해도 머릿속으로 이것저것 상상을 했지만 지금은 아무것도 상상하지 않았다.

무엇을 상상하든지 간에 현실은 그것보다 훨씬 더 충격적이었기 때문이다.

혜주가 야마자키를 쳐다보았다.

"야마자키 씨, 당신이 이분의 가족이 되기를 승낙한다면 한 가지 사실을 알려주겠어요."

"……"

"따님을 이분에게 주실 겁니까?"

야마자키는 부르르 몸을 떨었다.

그는 선우가 누군지 여전히 모르고 있지만 대단한 신분일 것이라고 짐작할 수 있게 되었다.

야마자키 자신의 보스인 델타인더스트리의 회장이 선우의 앞에서 고개도 들지 못하고 있으며, 미스 코스모스가 비서라고 자신을 한없이 낮추는 상황이거늘 야마자키로서는 선택의 여지가 없었다.

그는 일어나서 공손히 허리를 굽혔다.

"아무쪼록 부족한 딸아이를 잘 부탁합니다."

혜주는 야마자키를 앉으라고 손짓하고는 말을 이었다.

"야마자키 씨는 델타인더스트리와 코스모스금융 등이 속해 있는 그룹을 알고 있습니까?"

"네?"

혜주는 일본어로 말하고 있지만 야마자키는 제대로 알아듣지 못한 것 같았다.

그도 그럴 것이 델타인더스트리와 코스모스금융은 그 자체만으로 비교 불가의 거대한 그룹인데 그것들이 어떤 그룹에 속해 있다는 말을 어떻게 상상이나 하겠는가.

혜주가 조용히 입술을 뗐다.

"야마자키 씨는 스포그라는 말을 들어본 적이 있습니까?"

"네."

"스포그가 뭐죠?"

야마자키는 자신이 알고 있는 지식을 총동원했지만 장님이 코끼리 다리 만지기다.

"그런 것이 있는지는 확실하지 않지만… 풍문에 의하면 세계 초유(初有)의 거대 다국적기업군이 스포그라고……. 그렇지만 실제로 존재하지는 않는… 비유하자면 사라진 대륙 아틀란티스와 비슷하다고 알고 있습니다."

혜주는 엷은 미소를 지었다.

"스포그는 실존(實存)합니다."

"네에?"

"스포그는 델타인더스트리와 코스모스금융 같은 기업군을

50여 개 거느리고 있습니다."

"……."

"예를 들자면 한국의 성신그룹과 미르자동차, 일본의 캔메이그룹, 미국의 NXC, 독일의 루카펠릭스자동차가 스포그에 속해 있습니다."

"……."

혜주는 일어나서 공손하게 두 손으로 선우를 가리켰다.

"이분이 스포그의 주인이십니다."

야마자키뿐만 아니라 부인 시노와 미아까지도 혼백이 빠져나간 해쓱한 얼굴로 우두커니 앉아 있다.

그들은 자신들이 분명히 한바탕 거센 꿈을 꾸고 있는 것이라고 생각했다. 현실에서는 이런 일이 절대로 일어나지 않을 것이기 때문이다.

선우는 씁쓸한 미소를 지으며 아무 말도 하지 않고 술만 마시고 있었다.

자신이 스포그의 주인이라고 자랑하는 것처럼 떠벌리는 것이 마음이 편하지 않았다.

혜주는 조금도 의기양양하지 않은 얼굴로 야마자키에게 나직이 물었다.

"그 정도면 따님을 굶기지는 않겠지요?"

"아……."

야마자키는 부르르 몸을 떨었다.

그는 일어나서 깊숙이 허리를 굽혔다.

"잘못했습니다. 용서하십시오."

선우는 급히 일어나서 야마자키를 자리에 앉혔다.

"이러지 마십시오. 제가 불편합니다."

"아아……."

야마자키는 사람을 겉모습만 보고 평가하는 것이 얼마나
잘못된 일인지를 절실하게 깨달았다.

혜주가 다시 말문을 열었다.

"스포그 산하의 전 직원은 한 가문을 받들고 있습니다. 그
가문을 '신강가'라고 합니다."

그녀는 다시 선우를 두 손으로 가리켰다.

"바로 이분이 신강가의 가주이십니다."

일본은 역사적으로 봤을 때 대대로 각 지역의 한 가문이
자신들의 영지를 지배했다.

그러다가 도쿠가와 이에야스가 일본 전국을 통일하여 그때
부터 이에야스 가문이 막부의 주인 쇼군으로서 수백 년 동안
일본을 통치했으므로 가문이라는 것이 얼마나 중요한지 일본
인들은 너무도 잘 알고 있었다.

"따님이 신강가에 들어가면 야마자키 씨 가족은 신강가의
일원이 됩니다."

혜주의 말에 야마자키와 시노, 미아는 너무 놀라서 눈을 휘둥그렇게 떴다.

"나와 송 회장은 신강가를 수호하는 팔대가문 사람입니다. 가신(家臣)이죠. 그러니까 말하자면 야마자키 씨는 신강가의 사돈으로서 내 윗분이 되시는 겁니다."

너무도 엄청난 일에 야마자키 가족은 정신과 몸을 주체하지 못하고 좌불안석 어쩔 줄을 몰랐다.

말을 마친 혜주는 선우를 바라보았다. 이제 그의 차례가 됐다는 뜻이다.

이윽고 선우가 일어나서 야마자키와 시노에게 정중하게 고개를 숙였다.

"부디 따님을 저에게 주시기를 원합니다."

다음 날 야마자키 부부는 일본으로 돌아갔다.

미아는 그동안 살던 빌라의 짐을 챙겨서 재신저에 들어와 새로운 둥지를 틀었다.

선우와 결혼은 하지 않았지만 미아에겐 재신저가 신혼집이나 마찬가지였다.

미아 소속사와의 관계는 스포그 사람들이 알아서 다 처리할 것이다.

선우는 재신의 능력을 회복하기 위해 신강사관에 들어가기 전에 열흘 휴가를 냈지만 그동안 처리해야 할 일이 한두 가지가 아니었다.

그중에 가장 큰 외유는 미국으로 날아가 미국 대통령을 만나고 돌아오는 일이었다.

하지만 선우의 마음속에 가장 큰 비중을 차지하고 있는 것은 여자들에 대한 일이다.

그는 열흘 동안 소희와 샤론 자매, 그리고 마리까지 깨끗이 해결할 생각이었다.

선우와 혜주는 연변으로 돌아가는 재영과 유승희를 배웅하기 위해 인천공항에 나왔다.

출발 시간이 남아서 네 사람은 공항 내 커피숍으로 들어갔다.

"이거, 널 도와준답시고 한국에 와서 매일 술만 진탕 마시고 가는구나. 미안하다."

재영은 하나도 미안하지 않은 표정으로 너스레를 떨었다.

"제 도움이 필요하면 부르십시오. 저도 연변에 가서 신나게 술 마시고 오겠습니다."

"하하하! 일거리 만들어서 부를 테니까 제발 그래다오."

화기애애한 가운데 혜주가 미소를 지으며 재영에게 말했다.

"삼촌, 선우 삼촌이 작은 선물 하나 준비했어."

"쓸데없이 그런 걸 뭐 하러 준비하니? 그런데 뭐냐?"

재영은 말하고는 달리 눈을 빛내며 흥미를 나타냈다.

혜주가 손을 들어 신호를 하자 저쪽 테이블에 앉아 있던 초로의 신사가 벌떡 일어나 이쪽으로 빠르게 걸어왔다.

재영은 혜주가 선물을 준비했다는데 갑자기 신사 한 명이 다가오자 의아한 표정을 지었다.

신사는 나란히 앉은 선우와 혜주에게 허리를 구십 도로 굽혀 꾸벅 인사했다.

"앉으세요."

혜주의 말에 신사는 재영의 옆자리에 조심스럽게 엉덩이를 걸치고 앉았다.

혜주는 의아한 표정의 재영에게 신사를 가리키며 말했다.

"삼촌, 이 사람하고 같이 아빠한테 가."

"이 사람이 누군데?"

신사가 일어나 명함을 꺼내 재영에게 공손히 내밀었다.

재영이 명함을 보며 중얼거렸다.

"미르자동차 중국 총괄상무… 배준환."

그는 고개를 들고 어리둥절한 얼굴로 혜주를 보았다.

"이게 뭐야?"

혜주가 밝게 웃었다.

"거기 적혀 있는 그대로지 뭐긴 뭐야?"

재영이 신사를 손가락으로 가리켰다.

"이 사람이 미르자동차 중국 총괄상무라는 거야?"

"그래."

"그런데 뭐 어쩌라고?"

혜주는 답답한 표정을 지었다.

"흑천상사가 중국에서 미르자동차 팔고 싶다면서?"

"어… 그랬지."

"이 사람이 미르자동차 중국 총괄상무니까 같이 연변에 가서 아빠하고 잘 의논해 보라는 거야."

"아……."

재영은 그제야 머릿속에서 불이 번쩍이는 듯한 표정을 지으며 크게 놀랐다.

정필의 흑천상사가 중국에서 미르자동차를 독점해서 팔면 연간 3천억 원 이상의 순수익을 올릴 수 있다.

정필은 그동안 미르자동차와 접촉하려고 무던히도 노력했지만 허사였다.

미르자동차는 해외에 독자적인 판매망을 구축해 자사의 차를 판매한다는 방침이라서 정필의 의견 같은 것은 애당초 씨도 먹히지 않았다.

그런데 하나님 만나는 것보다 어려운 미르자동차의 간부, 그것도 중국 총괄 책임자인 상무를 재영이 대동하고 연변으로 돌아간다는 것이다.

재영의 현실 복귀는 매우 느렸다.

"이 사람하고 얘기한 다음에는 어떻게 되는 거지?"

"미르자동차 중국 판매 전권을 갖고 있는 이 사람하고 얘기가 잘되면 끝나는 거야."

"그, 그래?"

사실 미르자동차 중국 총괄상무 배준환은 될 수 있으면 흑천상사의 요구를 다 들어주라는 사장의 명령을 받았다.

사장에게 그러라고 지시한 사람이 혜주인 것은 두말할 필요가 없다.

"야아, 이거 꿈이냐, 생시냐?"

"생시야."

"혜주야, 나 한번 꼬집어봐라."

혜주가 뺨을 사정없이 꼬집자 재영은 비명을 질렀지만 얼굴은 희희낙락 웃고 있었다.

재영과 유승희를 배웅하고 돌아오는 차 안에서 혜주가 선우에게 다짐을 주었다.

"이번 휴가 기간 중에 샤론 자매 일 끝내야 해."

요즘 선우를 가장 괴롭히는 일이 바로 샤론 자매의 일이다.

세상에 태어나서 선우가 처음으로 마음을 준 여자가 파라다이스맨션 같은 층에 사는 마리다.

그렇지만 선우는 마리하고의 섹스를 한 번도 진지하게 생각해 본 적이 없었다.

그랬는데 선우는 생각한 적도 없고 사랑하지도 않는 혜주와 덜컥 관계를 갖고 말았다.

그것은 다시 그 시점이 된다고 해도 행할 수밖에 없는 일이므로 후회 같은 것은 하지 않는다.

그런데 그 직후에 다 죽어가는 미아를 살리기 위해 그녀와 섹스를 했다.

그 일 역시 후회하지 않으며 다시 그 상황이 닥친다고 해도 똑같이 그럴 수밖에 없을 것이다.

그런데 여기에서 선우로서 예상하지 않은 일이 일어났다.

혜주와 미아를 좋아하게 된 것이다.

그것은 전혀 뜻밖의 전개였다.

그녀들하고는 단지 신강가의 법칙에 따라서, 그리고 목숨을 구해주기 위해서 섹스를 한 것뿐인데 그녀들을 좋아하게 될 줄은 전혀 예상하지 못했다.

그것은 순전히 선우의 착한 성품에 기인한 것이다.

어떤 형태로든 일단 한 몸이 된 여자를 결코 외면하지 못하는 그의 온유한 성품이 그녀들을 안쓰럽게 여겨 마음으로 거둔 것이고, 그래서 그녀들을 좋아하는 마음이 거기에서부터 비롯되었다.

연민이든 동정이든 어쨌든 선우는 이제 혜주와 미아를 절대로 버리거나 외면하지 못한다.

그 이후 선우는 신강가의 법칙에 따라서 황림가의 소가주 황아미와 동침했다.

그렇지만 황아미의 경우는 조금 다르다. 그녀는 임신을 목적으로 선우와 동침했다. 앞으로 몇 번의 동침 기회가 있을지는 모르겠지만 장차 임신을 하든지 아니면 못하든지 그녀는 제 갈 길을 가게 될 것이다.

즉, 가문에서 정해주는 남자와 결혼할 것이라는 얘기다.

그렇게 봤을 때 만에 하나 선우가 샤론 자매와 동침을 하게 된다면 그녀들도 미아의 경우처럼 신강가의 일원으로 받아들여야만 할 것이다.

샤론 자매는 선우가 거두지 않으면 갈 곳이 없기 때문이다.

마리는 선우와 동침할 하등의 이유가 없는 여자이다.

만약 동침을 하게 된다면 그것은 순수하게 서로 사랑하기 때문일 것이다.

그러나 선우는 이쯤에서 사사로운 욕심을 접어야만 했다. 그에게는 이미 혜주와 미아가 있으며, 어쩌면 조만간에 샤론 자매까지 거두게 될 텐데 거기에 더해서 마리하고 교제하는 것은 그의 지나친 욕심이다.

혜주와 미아, 샤론 자매는 어쩔 수 없는 상황이고, 마리는 순수하게 좋아하는 마음이라는 변명 같은 것은 구차스러웠다.

"일정 잡을까?"

혜주는 어느 누구보다도 선우의 복잡한 마음을 잘 알고 있을 것이다.

혜주는 정말이지 비서로서, 그리고 안방마님처럼 매사 완벽하게 일을 처리하고 있었다.

슥—

선우는 뒷자리 중간에 놓인 팔 받침대를 올리고 혜주의 무릎을 베고 누웠다.

"후우."

그가 아무 말도 하지 않고 단지 한숨만 내쉬었지만 혜주는 그의 복잡한 심정을 이해하는 듯 손으로 그의 머리를 부드럽게 쓰다듬었다.

선우는 청담동 소희네 빌라로 포르쉐911을 몰았다.

이제는 생각이 아니라 행동을 해야 할 때였다. 생각은 충분히 했으며 생각만 해서는 결론이 나지 않는다.

FM 라디오에서 푸치니의 라보엠이 전설적인 라 디비나(오페라의 성녀) 마리아 칼라스의 목소리로 흘러나오고 있다.

선우는 노래를 흥얼흥얼 따라 부르면서 창문을 활짝 연 창틀에 왼팔을 걸치고 한 손으로 운전을 했다.

그는 소희를 만나면 어떻게 할 것인지에 대해 생각하지 않기로 했다.

늘 소희를 마주 대하면 마음이 약해지기 때문에 아예 만나기 전에 결정을 내리고 그대로 행하는 것이 좋았다.

비극적인 생을 살다가 스러진 마리아 칼라스의 라보엠이 끝나고 멘트가 흘러나왔다.

방송국 연예부 기자가 나와서 연예 가십거리를 얘기하는 모양이다.

―요즘 장안의 화제가 되고 있는 안소희 씨 근황입니다.

그런데 뜻밖에도 연예부 기자가 소희 얘기를 시작했다.

짤랑짤랑한 목소리의 연예부 기자의 말에 의하면 요즘 소희는 모든 활동을 중지하고 잠적했다는 것이다.

한창 진행 중이던 영화 촬영도 하지 않고 광고 촬영 등 사전에 잡혀 있던 모든 일정을 취소한 채 행방마저 알 수가 없다고 한다.

연예부 기자는 몇 가지 가설을 내놓았다.

가장 유력한 가설이 소희의 와병설이다. 몹시 위중한 병에 걸리거나 다쳐서 병원에서 치료를 받고 있을지도 모른다는 것이다.

두 번째 가설은 애정 도피설이다. 소희가 사랑하는 사람과 단둘이 모든 것을 다 팽개치고 사랑의 도피를 했다는 것이다.

연예부 기자는 무려 여섯 번째 가설까지 내놓았지만 선우가 듣기에 맞는 것은 하나도 없는 것 같았다.

한 가지 분명한 것은 소희가 아프다는 사실이다.

몸이든 마음이든 아픈 것은 분명했다. 그리고 그 원인은 선우일 것이다.

연예부 기자의 장황한 가설 짜깁기가 끝나자 아이돌 안소희에게 띄우는 곡이라면서 루치아노 파바로티가 부르는 네슨 도르마 '공주는 잠 못 이루고'가 고즈넉이 흘러나왔다.

지금의 소희를 적절하게 표현한 곡인 것 같다.

청담동 소희네 빌라 상트빌 앞에 기자 수십 명이 서성거리고 있다.

선우는 멀찌감치 포르쉐911을 주차해 놓고 걸어서 상트빌로 다가갔다.

그는 상트빌 입구를 20m쯤 남겨둔 곳에서 걸음을 멈췄다.

기자들이 저렇게 많은데 입구를 통과해서 소희를 만나러 들어가는 것은 언감생심 꿈도 꾸지 못한다.

오늘 밤에 소희를 만나서 결말을 봐야만 하는데 이런 상황이라면 소희를 만나는 것조차 어렵다.

선우가 휴대폰을 꺼내서 소희에게 전화를 걸려고 하는데 뒤에서 누군가 나직하게 그를 불렀다.

"선우 씨."

돌아보니 소희의 여자 경호원 원혜진이다. 일전에 선우가 원혜진을 소희에게 소개했다.

원혜진이 가까이 다가와 속삭이듯이 말했다.

"저를 따라오십시오."

선우는 포르쉐를 놔두고 원혜진이 운전하는 차의 조수석에 앉아 그녀가 가는 대로 몸을 맡겼다.

원혜진의 말에 의하면 소희는 춘천 이모 집에 있다고 한다. 기자들 등살에 자신의 집인 상트빌이나 부모님 집에도 있지 못하고 그나마 기자들이 모르는 춘천 둘째 이모네 집으로 피신하듯이 가서 휴식을 취하고 있다는 것이다.

선우가 원혜진에게 소희가 어디가 아프냐고 물으니 그녀는 잘 모르겠다며 고개를 가로저었다.

그렇지만 선우가 보기에 원혜진은 소희에게 무슨 일이 있는지 알고 있는 것 같았다.

춘천 소희네 둘째 이모 집에 도착하면 자연히 알게 될 일이라서 선우는 가는 동안 침묵을 지켰다.

둘째 이모네는 이모부가 회사원이고, 한적한 소양강가의 근사한 별장 같은 집에서 이모는 조그맣게 농사를 지으면서 살아가는 평화로운 가정이었다.

춘천 소희의 이모네 집에는 뜻밖에도 소희의 부모가 있었다.

선우와 원혜진이 도착한 시간은 밤 9시가 훨씬 넘어서였다.

원혜진이 운전을 하고 오는 동안 소희 엄마로부터 어디까지 왔느냐고 몇 번이나 전화가 왔었다.

집 앞 넓은 주차장에 차를 대고 선우는 원혜진의 안내를 받아 집 안으로 들어갔다.

현관문 안으로 들어서자 거실에 있던 사람들이 우르르 몰려나와 선우를 맞이했다.

아니, 맞이했다기보다는 그가 누군지 보려고 했다.

선우는 여기까지 오는 동안 원혜진으로부터 아무 말도 듣지 못했으며 무엇을 물어보지도 않았기 때문에 소희에 대한 정보가 전혀 없는 상태였다.

차라리 그게 좋았다. 무언가를 미리 알고서 거기에 대해 어설프게 준비하는 것보다는 아무것도 모르는 상황에서 순전히 선우 자신의 본연의 성격으로 대응하는 것이 최선이다.

여기까지 선우를 안내한 원혜진이 한쪽으로 물러났다. 자신의 할 일이 끝난 것이다.

선우는 전혀 일면식이 없는 소희 가족과 친척들에게 둘러싸였지만 당황하지 않고 침착함을 유지했다.

선우를 보려고 나온 사람은 다섯 명의 남녀이며, 그들은 선우를 보는 순간 하나같이 감탄의 표정을 지었다.

선우는 간편하게 청바지에 반팔 티셔츠를 입은 심플한 모습이었지만 워낙 훤칠하고 잘생겨서 소희 가족의 시선을 오랫동안 붙잡아두었다.

사실 소희는 사람들이 흔히 말하는 소위 상사병이라는 것에 걸려서 시름시름 앓고 있는 중이었다.

선우와 키스를 한 날 밤부터 그녀는 하루 24시간이 모자랄 정도로 그의 생각에 매달렸다.

일부러 그러는 것이 아니었다. 그저 무엇을 해도 선우 생각이 머리에서 떠나지 않았다.

선우가 길고 깊은 키스를 하면서 마치 소희에게 치료되지 않는 전염병을 옮긴 것만 같았다.

입맛도 없고 아무것도 하기 싫었다. 오로지 선우만 보고 싶었다.

그를 만나면 무얼 어떻게 하고 싶다는 기대나 희망도 없이 다만 보고 있기만 해도 좋을 것 같았다.

그렇게 아무것도 먹지 않고 두문불출 침대에만 누워 있자니 없던 병도 생길 판국이었다.

그래서 지금 소희의 가족들은 그녀를 저토록 상사병에 빠지게 만든 남자가 누군지 몹시도 궁금해서 몰려 나왔으며, 막상 선우를 보게 되자 과연 소희가 그럴 만도 하다는 생각이 저절로 들었다.

선우가 뭘 하는 사람인지는 소희가 말을 하지 않기 때문에 가족들은 모르고 있었다.

하지만 그가 뭘 하는 사람이든 외모만으로는 소희를 상사병에 빠뜨리고도 남을 남자라는 것을 소희 가족들은 그를 보는 순간 인정했다.

선우는 침묵을 깨고 꾸벅 고개를 숙여 정중히 인사했다.

"처음 뵙겠습니다. 강선우입니다."

소희의 가족이 아무도 입을 열지 않아 잠시 침묵이 흘렀다.

이윽고 50대 초반의 셔츠 차림의 중년인이 앞으로 나서며 손을 내밀었다.

"반갑습니다. 나는 소희 아버지 안재호입니다."

선우는 두 손으로 소희 아버지 안재호의 손을 잡았다.

악수를 하는 안재호의 눈빛이 크게 흔들리고 있었다. 그는 비록 선우하고 담담하게 악수를 하고 있지만 속으로는 격동하고 있는 것이 분명했다.

안재호 옆에 서서 하염없이 눈물을 흘리는 두 여인은 소희 엄마와 이모일 것이라고 추측했다.

그때 거실 너머 이 층으로 뻗은 계단 위쪽에서 가느다란 목소리가 들렸다.

"오빠… 오빠가 온 건가요?"

선우는 그게 소희의 목소리라는 것을 즉시 알아차렸다.

선우를 비롯한 사람들의 시선이 일제히 계단 위로 향했다.

"앗, 소희야!"

소희 엄마와 이모가 비명을 질렀다. 잠옷 차림의 소희가 이 층 계단 꼭대기에서 난간을 잡고 비틀거리면서 계단을 내려오려고 했기 때문이다.

소희는 이 층 어느 방에 있다가 선우의 목소리를 듣고 반가운 마음에 나온 것이 분명했다.

그녀는 가족들이 사색이 되는 것은 아랑곳하지 않고 고꾸라질 것처럼 위태롭게 계단을 내려오기 시작했다.

소희가 계단을 채 두 개도 내딛지 못하고 발을 헛디디는 것과 선우가 계단으로 달려간 것은 거의 동시였다.

"아악! 소희야!"

"소희야!"

그런데 어디에서 나타났는지 이 층 계단 위에서 원혜진이 몸을 날려 상체가 앞으로 꺾인 소희의 어깨를 낚아챘다.

그러고는 소희를 품에 안은 채 균형을 잃고 온몸으로 계단 아래를 향해 추락했다.

척!

소희를 안은 원혜진의 머리와 등이 계단에 닿기 직전 선우가 두 팔을 내밀어 두 여자를 한꺼번에 안았다.

두 여자를 합친 체중이 100㎏이 넘을 텐데도 선우는 거뜬하게 그녀들을 안고 계단에 내려주었다.

그제야 가족들이 소희를 부르면서 우르르 계단을 올라왔다.

소희의 눈에는 오직 선우만 보이는지 그녀는 눈물을 펑펑 흘리면서 선우에게 안겨들었다.

"오빠……."

선우는 한 팔로 소희를 안았다가 그녀가 두 발로 바닥을 디딜 힘조차 없는 것 같아 보여 아예 두 팔로 번쩍 안았다.

소희는 선우의 어깨에 얼굴을 기대고 그의 얼굴을 빨아들일 듯이 바라보았다.

소희 엄마와 이모가 소희를 한바탕 꾸짖었지만 그녀의 귀에는 아무 소리도 들리지 않는 것 같았다.

소희는 선우의 품에 안겨 있는 것이 마냥 행복한 모습이었다.

소희네 가족은 선우를 소희에게 양보하고 거실에서 기다리고 있어야만 했다.

소희가 선우에게서 한시도 떨어지지 않으려 했기 때문이다.

선우는 소희를 침대에 눕히고 그 옆에 앉아서 얘기를 나누었다.

소희와 대화를 나누면서 선우는 그녀가 무엇 때문에 아픈 것이고 모든 활동을 접었는지 깨닫게 되었다.

소희는 한마디로 피골이 상접한 형편없는 모습이었다. 그동안 거의 먹은 것이 없으며 링거 같은 것으로 근근이 연명했기 때문이다.

소희는 누워서도 선우의 손이나 허벅지를 만지작거렸고, 그가 자신의 얼굴이나 몸을 만져주기를 원했다. 말하자면 자신의 몸이 선우와 어떻게든지 연결되어 있어야만 안심이 되는 것 같았다.

소희가 말했다.

"오빠가 시키는 거라면 뭐든지 할 수 있어요. 죽으라면 기꺼이 죽을게요. 조금도 무섭지 않아요."

말을 하는 소희의 눈은 다 죽어가는 사람 같지 않게 별빛처럼 반짝거리며 생기가 흘렀다.

"그렇다고 오빠를 속박하고 싶은 마음은 조금도 없어요. 단지 하루에 한 번 제 전화를 받아주든가 전화를 해주시고 일주일에 한 번만이라도 만나주세요. 그거면 돼요."

소희는 한 손으로는 선우의 손을 만지고 다른 손으로는 허벅지를 쓰다듬으면서 풀잎처럼 속삭였다.

"그렇게 저한테 산소를 공급해 주시면 저는 숨을 쉬고 살아갈 수 있어요. 그러면 죽는다는 생각 같은 거 하지 않고 열심히 살게요. 정말이에요."

선우는 그녀의 말에서 그녀가 어째서 아픈 것이며 지금 어떤 상황인지 짐작할 수 있었다.

그런 그녀에게 '너 도대체 왜 그러는 거니?'라든가, '이제 우리 끝내자. 아, 뭐 우린 시작한 적도 없으니까 끝낼 필요도 없겠네'라는 말 같은 것은 통하지 않을 것 같았다.

그리고 선우는 자기 때문에 식음을 전폐하고 다 죽어가는 소희에게 그런 잔인한 말을 할 만한 성격이 못 되었다.

소희는 큰 걸 바라고 있는 게 아니다. 하루에 한 번 전화 통화를 하고 일주일에 한 번 만나주는 것으로 그녀를 살아가게 할 수 있는 것이다.

소희는 그 말 외에는 더 이상 말하지 않고 간절한 표정으로 그를 바라보며 그의 손과 허벅지를 만지작거렸다.

'이 아이는 어쩌다가 나를 이렇게까지 사랑하게 된 것일까?'

그런 생각이 들자 소희가 몹시 안쓰러웠다.

선우는 소희의 까칠한 뺨을 쓰다듬었다.

"알았다."

"아……."

"알았으니까 부모님 걱정시키지 말고 씩씩하게 사는 거다. 알았지?"

"네, 오빠."

소희의 커다란 두 눈에서 눈물이 방울방울 넘쳐흘러서 해쓱한 뺨을 타고 내렸다.

소희는 선우에게 손을 뻗더니 그의 목을 잡고 가만히 자신에게 끌어당겼다. 키스를 하려는 것이다.

선우는 고개를 숙여 소희의 까칠한 입술에 자신의 입술을 덮고 부드럽게 키스를 했다.

부드럽고 매끄러운 소희의 혀를 빨자 아기 젖 냄새와 약 냄새가 섞여 났다.

"음, 음……."

소희는 바들바들 떨면서 힘껏 선우의 목을 끌어안았지만 선우가 느끼는 힘은 가련할 정도로 약했다.

그때 소희가 선우의 손을 잡고 자신의 가슴으로 이끌었다.

원피스 잠옷이 흘러내리고, 그녀는 자신의 풍만한 가슴에 선우의 손을 가만히 얹어놓았다.

상트빌 일 층 현관 구석에서 소희와 첫 키스를 할 때 그녀의 가슴과 은밀한 곳을 더듬었다가 그녀가 화를 내고 울면서 엘리베이터를 타고 올라갔던 적이 있다.

그게 소희하고의 마지막 만남이었다.

그날 이후 선우는 그녀와 연락을 끊었다. 미안한 마음이 컸지만 그때부터 이것저것 바쁜 일이 줄줄이 생겨서 소희를 생각할 겨를이 없었다.

그렇지만 소희는 그날 그것 때문에 선우가 화가 나거나 마음이 상해서 연락을 하지 않는 것이라고 생각했는지도 모른다.

그래서 이번에는 그녀 스스로 선우의 손을 잡고 자신의 가슴으로 이끌면서 마음껏 만져도 자신은 절대로 화를 내지 않을뿐더러 오히려 기뻐한다는 사실을 알리려고 했다.

선우는 그런 소희의 행동에서 몸부림 같은 게 느껴져 가슴이 뭉클했다.

"아, 오, 오빠……."

소희가 달뜬 목소리로 할딱거리는 바람에 선우는 퍼뜩 정신을 차렸다.

선우의 입은 소희의 가슴을 빨고 손은 은밀한 곳으로 들어가 진득한 애무를 하고 있었다.

소희의 원피스 잠옷은 허리에 돌돌 말려 있어 가슴과 아랫도리를 다 드러낸 모습이다.

팬티는 언제 벗겼는지 저만치 이불 위에 놓여 있었다.

소희는 무서운 건지 흥분을 한 건지 두 주먹을 쥐고 눈을 꼭 감은 채 바들바들 떨면서 몸을 선우에게 내맡기고 있었다.

이미 혜주의 농염한 몸과 미아의 청순한 몸, 그리고 황아미의 인어 같은 몸을 알고 있는 선우의 스물네 살 젊은 몸은 소희하고 깊은 키스를 하는 동안 정직하게 반응했다.

"소희야."

선우가 그녀의 가슴에서 붉어진 얼굴을 들고 뜨거운 입김을 토하자 소희는 눈을 뜨고 그를 바라보았다.

그녀의 얼굴에는 두려움과 기대가 교차하고 있었다.

"오빠, 전 괜찮아요."

선우는 문득 자신에게 난봉꾼의 기질이 있는 것은 아닌가 하는 생각이 들었다.

그는 소희의 몸에서 손을 떼고 팬티를 가져다 입혀주었다.

소희의 늘씬한 다리와 허벅지를 통과한 팬티가 조금 전까지 선우의 손에 농락당한 이브의 숲을 덮었다.

소희하고 냉정하게 끊으려 결심하고 왔으면서 무슨 생각으로 이런 짓을 하고 있는 것인지 어이가 없었다.

선우가 소희의 침실에서 나와 아래층으로 내려오자 가족 모두의 시선이 그에게 집중되었다.

선우는 소희 엄마에게 말했다.

"소희가 밥을 먹겠다고 합니다."

"소희가 밥을요?"

"아유! 이젠 됐어!"

소희 엄마와 이모는 기쁜 표정으로 소희가 먹을 죽을 만들기 위해 서둘러 주방으로 달려갔다.

"앉아요."

소희의 아버지 안재호가 선우에게 소파에 앉기를 권했다.

선우가 앉자 맞은편에 앉은 안재호와 소희 외삼촌, 큰이모가 아까처럼 뚫어지게 선우를 주시했다.

"강선우 씨는 뭐 하는 사람입니까?"

안재호는 가만히 있는데 외삼촌이라는 사람이 다짜고짜 불쑥 물었다.

"만능술사라는 직업을 갖고 있습니다."

처음 듣는 직업에 다들 어리둥절했다.

"만능술사? 그게 뭡니까?"

선우는 성실하게 만능술사에 대해서 설명했다.

설명을 듣고 난 외삼촌이 미간을 찌푸렸다.

"그거 심부름센터 아니오?"

선우는 미소를 지으며 고개를 끄떡였다.

"그렇게 생각하시면 됩니다."

"뭐야? 심부름센터 따위가 감히 우리 소희한테 껄떡거리는 거야? 이거 정말……."

"용민아."

큰이모가 조용히 외삼촌을 꾸짖었다.

"큰누나, 아무리 그래도 심부름센터는 아니잖아요?"

그때 약간 떨어진 곳에 서 있던 원혜진이 불쑥 말했다.

"지난번 안소희 씨 납치됐을 때 구해주신 분이 저분입니다. 저분 아니었으면 안소희 씨는 그때 잔인하게 성폭행당하고 죽었을 겁니다."

"아······."

안재호와 큰누나는 처음 듣는 내용에 깜짝 놀라서 원혜진과 선우를 쳐다보았다.

원혜진은 듣고 있기 거북했다는 듯 말을 이었다.

"연예계에서 저분 골드핑거를 모르면 간첩입니다. 연예계의 많은 거물이 저분에게 신세를 졌으며······."

"그래봐야 심부름센터 아뇨?"

외삼촌 전용민은 처음부터 선우가 못마땅했다는 듯 연신 손사래를 쳐댔다.

소희 아버지 안재호가 전용민을 나무랬다.

"처남은 가만히 있어봐."

안재호는 외동딸 소희가 선우 때문에 상사병에 걸렸다는 사실을 중요하게 생각했다.

그랬는데 조금 전 원혜진의 말을 듣고서야 일의 전말을 조금 알게 되었다.

소희가 납치되어 위험에 처했을 때 선우가 그녀를 구했고, 그때부터 딸이 그를 좋아하게 됐을 거라는 얘기이다.

위험에 처한 여자가 자신을 구해준 영웅을 좋아하게 되는 일은 비일비재하다.

단지 그런 이유뿐이라면 이것은 그저 시간이 지나면 잊히는 불장난 같은 것이다.

그러니까 어떻게 해서든지 딸과 이 청년을 헤어지게 만들어야 한다고 안재호는 다짐했다.

소희가 진심으로 이 청년을 사랑하는 것 같지만 세월이 흐르고 나면 스스로 생각해도 어이없다고 쓴웃음을 짓게 될 것이고, 그 당시에 적극적으로 말려준 아빠에게 고맙다고 할 게 분명했다.

"강선우 씨."

안재호는 마음속으로 다시 한번 결심을 굳히면서 말문을 열었다.

"단도직입적으로 말하겠습니다. 소희와 그만 만나주십시오. 사례를 원하면 만족할 만한 사례를 하겠습니다."

선우는 담담한 표정으로 대답했다.

"그게… 곤란합니다."

"뭐가 곤란해? 너 말이야, 뭘 뜯어먹으려고 소희한테 들러붙는 거야? 매형이 사례하겠다잖아!"

전용민이 파르르 넘어가면서 악을 썼다.

안재호와 큰이모가 놀라서 전용민을 만류했다.

안재호는 전용민의 발작에도 선우가 동요하지 않고 침착한 것을 보고 의외라는 표정을 지었다.

선우가 조용히 말했다.

"소희는 좋은 여자지만 저하고는 인연이 없습니다. 이 점 유념해 주십시오."

선우가 이렇게 말할 줄 예상하지 못한 가족은 놀라는 표정을 지었다.

사실 죽자고 달라붙는 쪽은 소희이고 선우는 그녀와 연락을 끊고 만나지 않는 쪽이다. 그러니 자제해 달라고 요구하는 쪽은 선우여야 한다.

그래도 그는 그런 것을 내색하지 않고 말을 이었다.

"소희하고 하루에 한 번 전화 통화를 하고 일주일에 한 번 만나기로 약속했습니다."

"이런 빌어먹을 자식! 너 소희한테 전화하는 날엔 내 손에 죽을 줄 알아! 엉!"

전용민이 벌떡 일어나서 당장 선우에게 주먹을 날릴 것처럼 험악하게 굴었다.

그때 주방에 있던 소희 엄마가 다가오며 소리쳤다.

"용민아, 너 소희 죽는 거 보고 싶어서 그러는 거니?"

소희 엄마는 오열하면서 악을 썼다.

"소희가 어떤 상황이었다는 거 모르면 잠자코 있어! 저 사람이 연락 끊으면 소희는 죽어!"

"누나, 그렇지만 이 자식이……."

그때 이 층 계단에서 소희가 바락바락 악을 썼다.

"외삼촌, 나하고 원수지려고 그래요? 선우 오빠한테 못되게 구는 사람 전부 나하고 원수야!"

소희가 흐느껴 울면서 계단을 내려오려고 하자 원혜진이 달려가서 부축했다.

소희는 가족들이 보는 가운데 선우 옆에 찰싹 붙어 앉아 그의 팔을 두 팔로 꼭 안고 울면서 말했다.

"선우 오빠가 나한테 전화 안 하고 만나주지 않으면 나 죽어, 죽는다고. 그래도 좋아?"

가족들은 아무도 입을 열지 않았다.

"선우 오빠는 날 만나지 않으려고 기를 쓰고 있단 말이야. 그걸 모르고 그딴 소리를 하고 있어, 으흐흑!"

소희는 선우에게 쓰러지듯이 안기며 울음을 터뜨렸다.

소희 엄마가 울면서 설명했다.

"저분은 소희를 위험에서 구해준 죄밖에 없어요. 그리고 소희에게 다정하게 대해주었다는 게 죄라면 죄예요."

소희 엄마는 소희에게 모든 얘기를 다 들었고, 같은 여자로서 딸의 심정을 십분 이해했다.

"우리는 모두 소희 편에서 생각할 수밖에 없어요. 나도 그래요. 그렇지만 저분은 무슨 죄예요? 우리가 이렇게 정나미

떨어지게 행동할수록 소희에게 좋지 않다는 걸 모르겠어요?"

소희 엄마는 흥분해서 두서없이 말을 한꺼번에 쏟아냈다.

그때 현관문이 열리며 한 사람이 안으로 들어섰다.

그 사람은 40대 후반으로 정장에 손에는 서류 가방을 든 회사원 같은 모습인데 실내의 어수선한 분위기에 놀란 듯한 표정을 지었다.

"여보."

그는 소희의 둘째 이모부이며 이 집 가장인데 둘째 이모가 그에게 다가가 상황 설명을 해주었다.

소희 엄마가 다시 말을 시작하고, 이모부는 소파 쪽으로 다가오며 선우를 쳐다보았다.

"저분이 심부름센터를 하든지 뭘 하든지 나는 그런 거 신경 쓰지 않아요. 그저 우리 소희만……."

"앗!"

선우를 쳐다보던 이모부가 갑자기 비명을 터뜨렸다.

선우와 가족들의 시선을 받으면서 이모부는 들고 있던 서류 가방을 놓치며 마치 귀신이라도 본 것 같은 얼굴로 온몸을 부들부들 떨었다.

선우는 그런 이모부를 보고 그가 자신을 알고 있기 때문에 저러는 것이라고 생각했다.

"여보, 갑자기 왜 그래요?"

둘째 이모가 놀라서 남편의 팔을 붙잡았다.

비상한 기억력의 선우는 이모부가 누군지 기억해 냈다.

그는 신강사관 교직원 중의 한 명이다.

표면적으로는 고려사관이라고 불리는 신강사관에 관계된 교직원들은 모두 팔대호신가 사람들로 이루어져 있었다.

그렇다면 둘째 이모부도 팔대호신가 사람이라는 뜻이다.

선우의 기억에 의하면 둘째 이모부 이름은 호윤곤이다. 그는 팔대호신가 호비가(虎飛家)의 방계였으며 신강사관에서 선우를 가끔 본 적이 있었다.

선우는 신강사관에서 5년 동안 교육을 받았기 때문에 웬만한 교직원이라면 그를 잘 알고 있을 것이다.

둘째 이모부 호윤곤이 다리에 힘이 풀린 듯 그 자리에 풀썩 무릎을 꿇었다.

"아아, 도련님……."

선우로서는 어떻게 해볼 새도 없이 일어난 일이다.

둘째 이모는 눈이 찢어질 것처럼 부릅떴다.

그녀는 남편 가문의 내력에 대해서 잘 알고 있으며 그가 어디에 근무하고 있는지도 알고 있다.

남편이 방금 '도련님'이라고 외치면서 무릎을 꿇었기 때문에 선우가 누구라는 것을 즉시 깨달았다.

"아아……!"

둘째 이모는 반쯤 정신이 나간 상태로 남편 옆에 무릎을 꿇고 선우를 바라보았다.

그러다가 남편이 고개를 조아리고 있는 걸 보고는 그녀도 얼른 이마를 바닥에 댔다.

난데없이 일어난 일에 소희와 가족들이 어리둥절해서 호윤곤 부부를 바라보았다.

선우는 얼른 다가가 부부를 일으키며 나직하게 속삭였다.

"이러지 마세요."

부부는 선우가 일으키는 대로 몸을 맡긴 채 경악과 당황함이 사라지지 않은 얼굴로 허둥거렸다.

"침착하세요."

이런 자리에서 선우가 호윤곤 부부에게 구구절절 사정 얘기를 할 수는 없다.

그는 조용히 속삭였다.

"내 신분을 밝히지 마세요."

그렇게 당부하는 것이 선우로선 최선이었다.

세상 사람들은 고려사관이 국내 재계 7위인 우림그룹 소유인 것으로 알고 있다.

그래서 호윤곤은 나름대로 기지를 발휘하여 선우를 우림그룹 총수의 손자라고 소개했다.

달리 뭐라고 둘러댈 만한 신분이 없었다.

호윤곤 부부가 선우에게 나란히 무릎을 꿇은 것은 달리 둘러댈 변명거리가 없었다.

소희 부모와 큰이모는 너무 놀라서 아무 말도 하지 못했으며, 특히 조금 전까지만 해도 개지랄을 떨던 외삼촌 전용민은 입에 거품을 물고 자빠졌다.

놀라지 않은 사람은 소희 한 사람뿐이었다. 그녀는 선우의 신분이 무엇이더라도 상관이 없으니까 말이다.

이렇게 된 이상 선우로서는 막다른 선택을 할 수밖에 없었다.

선우는 안방으로 소희 부모와 호윤곤 부부만 불러들여 대화를 시작했다.

"저는 소희하고 이루어질 수 없습니다."

선우가 우림그룹 총수의 손자라는 사실을 알고 나서 마음이 조금 흔들린 안재호는 선우의 말에 크게 놀랐다.

"소희하고 하루에 한 번 전화 통화를 하고 일주일에 한 번씩 만나겠습니다. 그러면서 차츰 소희를 단념시키겠습니다."

"왜… 그래야 하죠? 우리 소희를 사랑하지 않나요?"

소희 엄마가 안타깝게 부르짖었다.

호윤곤 부부는 착잡한 표정으로 아무 말도 하지 않았다.

"저는 소희를 사랑하지 않습니다."

선우는 딱 부러지게 말했다.

"아……!"

소희 엄마의 얼굴이 해쓱해졌다. 선우를 목숨보다 더 사랑하는 딸 소희의 야윈 얼굴이 그녀를 괴롭혔다.

그러나 선우가 소희를 사랑하지 않는다는 데야 어쩔 도리가 없다.

안재호는 끝까지 아무 말도 하지 않았다.

선우는 소희 부모를 내보내고 호윤곤에게 말했다.

"소희 부모님에 대해서는 전적으로 당신에게 맡기겠습니다."

소희와 소희 부모를 설득하라는 뜻이다.

"명을 받듭니다, 주군."

신강사관 때의 습관 때문에 아까는 선우를 도련님이라고 불렀지만 호윤곤은 뒤늦게 선우가 재신의 자리에 등극했다는 사실을 기억해 냈다.

"소희를 포기시켜야 하는 것입니까?"

"그렇습니다."

"호윤곤 씨는 호비가 몇 대 혈족입니까?"

호윤곤은 선우가 자신의 이름을 기억하고 있다는 사실에 감격하여 얼른 무릎을 꿇었고 아내도 급히 부복했다.

"저는 호비가 방계 혈족 13대입니다."

방계 혈족은 보통 15대까지 있으니 호윤곤은 혈족의 거의 말단이라고 할 수 있었다.

"부탁합니다."

선우는 그 말을 남기고 호윤곤의 집을 나왔다.

제32장
어쩌다 연인

그로부터 5일 후 선우는 부산 기장 고향집에 내려왔다.

지난 5일 동안 두 가지 일이 있었다.

미국에 날아가 대통령을 만나고 왔으며, 샤론 자매의 일을 해결했다.

미국 대통령을 만나는 일은 공식적인 일이 아니었다.

대통령이 휴가를 내서 대통령 전용 별장인 캠프데이비드에 날아왔으며, 선우는 은밀하게 그곳에 들어가 이틀 동안 대통령과 함께 숙식하면서 순전히 비공식적으로 즐기면서 대화를 나누었다.

두 사람은 많은 얘기를 나누었으며, 그중에서 가장 중요한 것은 선우가 중국 난징에서 찾아내 회수한 줌왈트급 구축함 DDG—1000을 미국이 대한민국에 무상으로 양도한다는 내용이었다.

미국의 맹방인 일본이 억만금을 주고 도입하려고 시도했지만 번번이 헛물만 켠 DDG—1000을 민간인 선우가 대한민국에 무상으로 도입하는 것이다.

그 밖에도 두 사람은 굵직굵직한 국제적인 여러 현안에 대해서도 허심탄회하게 대화를 나누고 때로는 결정을 내리기도 했다.

미국 대통령 셔넌 루빈스테인은 전 세계 어느 국가의 지도자보다도 더 선우를 극진하게 예우하면서 세계와 미국, 그리고 대한민국이 직면한 현안들을 진지하게 폭넓고 심도 있게 의논했다.

물론 셔넌 루빈스테인 대통령은 선우가 스포그의 재신이라는 사실을 알고 있었다.

그는 스포그의 실체에 대해서 알고 있는 몇 안 되는 인물 중 한 명이었다.

샤론 자매의 일은 끝내 기적이 일어나지 않았다.

혜주가 연락하기도 전에 샤론 아빠가 먼저 그녀에게 급히 전화를 했다.

샤론 자매가 위독하다는 내용이었다.

숨이 끊어질 것처럼 다 죽어가던 미아만큼 위독한 상태는 아니었지만, 샤론 부모가 봤을 때에는 이러다가 딸 둘을 한꺼번에 잃을지도 모른다는 불안과 절망감이 엄습했을 것이다.

그런 지경에 이르면 부모는 자식을 살리는 것 외에는 아무것도 생각하지 못하게 된다.

혜주는 샤론 자매를 데리고 서울 시내 스포그 소유의 호텔에 데려다 놓았다.

선우는 혜주의 연락을 받고 호텔에 가서 각각 다른 객실 침대에 눕혀 있는 샤론과 에일린을 살려냈다.

그렇다. 그것은 섹스도 무엇도 아닌 단지 그녀들을 살려냈을 뿐이다.

의사가 주사를 놔주는 것처럼 그는 자신만의 주사를 놓고 주사액 대신 신강가 주군의 정액을 주입했다.

그나마 한 가지 아주 작은 위로가 되어준 것은 17세와 19세인 샤론과 에일린이 키나 몸매가 미아보다 더 크고 훨씬 풍만했다는 사실이다.

샤론 자매가 키가 크고 풍만해서 좋았다는 게 아니라 비록 몸으로나마 미아보다 발육이 더 좋아 어른 같은 느낌이어서 그것으로 죄책감을 덜려고 노력하고 위로를 삼았다는 씁쓸한 얘기이다.

혜주에게 이미 설명을 들어서 신강가의 신혈에 대해서 다 알고 있는 샤론 자매는 잠정적으로 재신저에 들어가기로 하고, 건강을 되찾은 모습으로 부모에게 돌아갔다.

그리고 선우는 진흙탕처럼 엉망진창이 돼버린 심정을 안고 고향집으로 내려온 것이다.

선우는 여행 가방 하나 덜렁 메고 어머니가 운영하는 기장 대변항 부둣가에 위치한 식당으로 들어섰다.

손님들을 서빙하고 있던 송연숙은 반갑고도 기쁜 마음에 맨발로 달려 나왔다.

"아이고, 우야! 니 우째 연락도 없이 왔노?"

선우는 어머니를 보자 답답하던 마음이 한꺼번에 날아가는 것을 느끼고 환하게 웃었다.

"잘 지냈어요?"

어머니는 선우를 와락 껴안고는 안으로 이끌었다.

"고속버스 타고 왔나? 밥은 묵었나? 어서 드가재이. 날이 이리 더분데 고생 많이 했제?"

어머니는 선우가 말할 기회를 주지 않았다.

선우는 그런 어머니가 한없이 좋았다.

선우는 휴식이란 이런 것이라는 걸 보여주려는 것처럼 자유와 휴식을 만끽했다.

스포그의 일은 깡그리, 그리고 까맣게 잊어버리고 해가 중천에 뜨도록 실컷 잠을 자거나 부둣가나 바닷가를 산책하고 때마침 피서철이라 개장한 근방의 해수욕장에서 여유롭게 수영을 즐겼다.

잊으려고 마음먹으니 스포그나 골드핑거의 일들은 정말 신기하게도 깡그리 망각할 수 있었다.

그런데 희한하게도 아무리 잊으려고 노력해도 잊히지 않는 것이 있었다.

여자에 대한 일들이다.

여자는 딱 두 부류로 나뉘어 문득문득 떠올라 겨우 진정시킨 선우의 마음을 흔들어놓았다.

마치 그녀들을 잊으면 안 된다는 경고하는 것처럼 밥을 먹다가도, 산책을 하다가도, 심지어 수영을 하는 도중에도 그녀들이 불쑥불쑥 뇌리를 점령했다.

두 부류 중 한 부류는 지극히 당연하게 선우와 섹스를 한 여자들이다.

혜주와 미아, 샤론, 에일리.

섹스를 했더라도 황아미는 조금 덜 생각났다. 아마 그녀에게는 책임감을 느끼지 않기 때문인 것 같았다.

그리고 또 한 부류가 섹스를 하지 않은 마리와 소희이다.

마리를 생각하면 저절로 입가에 미소가 떠오르지만 소희는 안쓰럽고 괜히 미안한 마음이 들었다.

말하자면 이성적이고 논리적인 것들은 선우의 노력으로 생각나지 않게 할 수 있지만 감정적인 것은 제어 불능인 것이다.

그래서 선우는 자신이 무척 감성적으로 여린 사람이라는 사실을 이번 휴가 중에 깨달았다.

선우는 집에서 보유하고 있는 멸치잡이 어선을 타고 바다로 나갔다가 돌아왔다.

35톤급 어선에는 선장을 비롯하여 여덟 명의 어부가 타고 있는데 두 명은 베트남인이고 두 명은 인도네시아인, 그리고 중국인이 한 명이다.

어부들에게 어선 중에서도 멸치잡이 어선은 힘들기로 손가락에 꼽힌다.

바다에서의 일도 힘들지만 무엇보다도 어선이 부두에 돌아온 후 그물에 빼곡하게 틀어박힌 멸치들을 털어내는 일이야말로 어부들의 진을 다 빼놓는다.

선우는 어선이 부두에 입항한 후 어부들과 부두 양쪽으로 네 명씩 늘어서서 긴 그물을 잡고 멸치털기를 시작했다.

직진성이 강한 멸치는 작은 그물에 머리를 박은 채 꼼짝도 하지 못하고 잡힌다.

그렇게 그물에 박힌 멸치를 털어내야 하는데 그걸 멸치털기라고 하고, 이때 멸치들은 대가리가 거의 잘라진다.

여기에서 말하는 멸치는 꽁치 새끼 정도의 크기로 보통 한 뼘이다.

주로 이 멸치들로 젓갈을 담그고, 회를 뜨거나 회무침, 찌개를 하는데 맛이 일품이다.

이곳 대변항에는 멸치를 재료로 하는 식당만 백 군데가 넘을 정도로 성업 중이다.

예부터 기장읍 대변항은 맛있는 멸치가 많이 잡히는 것으로 전국 1위였다.

"허이여!"

"어여차!"

어부들은 구령에 맞춰서 왼손, 오른손으로 번갈아 그물을 잡으면서 그물에 꽂힌 멸치들을 힘차게 털었다.

멸치 그물 길이는 보통 1㎞가 넘는다. 그걸 대여섯 시간씩 털면 온몸이 아픈 것은 고사하고 혼이 다 빠져나간다.

신족인 선우조차도 세 시간쯤 똑같은 동작으로 그물을 털고 나니 뼈마디가 욱신거리고 살짝 현기증이 났다.

그런데 다른 어부들은 처음이나 다름없는 똑같은 동작으로 끄떡도 하지 않고 그물을 털고 있었다.

'아, 정말 대단하다.'

선우는 같이 그물을 털고 있는 어부들에게 진심 어린 존경
심을 느꼈다.

　그런데 부두에는 선우네 어부들만이 아니고 수백 명의 어
부가 길게 늘어서서 각자의 그물을 털고 있는 중이었다.

　세상의 일이라는 것이 다 이럴 것이다. 농사든 어업이든 뭐
든지 간에 각자의 자리에서 세상 대부분의 사람이 미상불 이
렇게 열심히 제 역할을 하고 있기 때문에 세상이 별 탈 없이
돌아가고 있는 것일 게다.

　멸치털기가 거의 끝나갈 무렵에는 선우도 두 팔이 얼얼할
정도로 감각이 없어졌다.

　그리고 어느새 구경꾼들이 많이 모여들어 부지런히 사진을
찍어대고 있었다.

　그렇지만 선우나 어부들은 푹푹 찌는 한여름에 모두 우비
에 바지장화를 입고 모자를 쓴 데다 얼굴과 온몸에 떨어져
나간 멸치 찌꺼기와 비늘이 빽빽하게 들러붙어서 모습을 알
아보기 어려웠다.

　이윽고 멸치털기가 끝나자 구경꾼들이 박수를 쳤고, 어부
들은 주변에 흩어져 앉아서 차가운 음료수나 꿀맛 같은 담배
를 피웠다.

　"야, 선우, 대단하데이!"

"젊은 친구가 똑소리 나는구마이!"

어릴 적부터 봐온 선장과 나이 드신 어부들이 엄지손가락을 치켜세우며 선우를 칭찬했다.

선우는 선장이 건네준 음료수 캔을 들고 주위 생선 상자에 걸터앉았다.

그가 음료수를 마시고 있을 때 구경꾼들 중에서 두 사람이 그에게 다가왔다.

선장과 얘기를 나누던 선우는 다가오는 두 사람을 쳐다보곤 깜짝 놀랐다.

두 사람은 여자인데 놀랍게도 소희와 원혜진이었다.

소희는 사람들이 알아볼까 봐 더운 날씨에 챙이 넓은 모자와 선글라스를 쓰고 머플러까지 칭칭 동여맨 모습이다.

선우는 그녀들이 여기까지 어떻게 알고 찾아왔는지 궁금하고도 놀랐다.

여길 알고 있는 사람은 스포그 내에서도 혜주와 오진훈 두 사람뿐이다.

소희는 조금 떨어진 곳에서 선우를 바라보며 호기심 어린 표정으로 눈을 깜빡거렸다.

그리고 원혜진이 선우에게 가까이 다가와 살피듯이 들여다보다가 작게 감탄했다.

"아, 선우 씨가 맞는군요!"

선우는 자신의 얼굴이 온통 멸치 비늘투성이라 원혜진이 가까이 다가와 확인했다는 것을 그제야 깨달았다.

선우가 일어섰다.

"여긴 어떻게 알고 찾아왔습니까?"

선우는 그게 의문이다.

원혜진과 소희가 혜주나 오진훈을 알고 있을 턱이 없고, 설혹 안다고 해도 그 두 사람이 선우가 간 곳을 이들에게 가르쳐 주었을 턱이 없다.

원래 표정을 드러내지 않는 원혜진이 신기하다는 듯 작게 탄성을 터뜨렸다.

"우린 여행 중이에요."

여행?

그렇다면 두 여자는 여행 중에 우연히 기장읍 대변항에 들른 것이고, 거기에서 또 우연히 선우를 발견했다는 말인가?

"아까 멸치 터는 거 신기해서 구경하다가 어떤 아저씨가 선우 씨 이름을 부르기에 혹시나 해서……."

조금 전에 선장 아저씨하고 오래된 기관장 아저씨가 선우 이름을 부르기는 했다.

원혜진이 약간 떨어진 곳에 서 있는 소희에게 이쪽으로 오라고 손짓했다.

소희는 눈에 띄게 깜짝 놀라는 몸짓을 하더니 넘어질 것처럼 한달음에 달려오면서 소리쳤다.

"선우 오빠 맞아요? 정말이에요?"

"소희야."

이렇게까지 됐는데 소희를 모른 척하는 것은 말이 안 되기에 선우는 그녀를 보며 알은척을 했다.

"꺄악! 오빠!"

소희는 사람들 시선 같은 것은 아랑곳하지 않고 그대로 선우에게 달려들면서 비명처럼 환호성을 터뜨렸다.

"오빠! 으흐흑!"

원혜진 말이 사실이라면, 아니, 사실일 것이다. 원혜진이 거짓말을 할 사람도 아니고 혜주와 오진훈은 그녀를 전혀 모른다.

그런데 그녀들이 무작정 여행을 떠났다가 이런 곳에서 정말 우연히 선우를 만났으니 얼마나 기쁘고 신기하겠는가.

선장과 기관장 등 어부들은 소희가 누군지도 모르고 박수를 치면서 함성을 지르며 응원했다.

소희는 선우 품에 안겨 기쁨에 온몸을 떨면서 흐느껴 울며 속삭였다.

"오빠, 우린 운명이에요."

정말 이런 걸 운명이라고 하는 것인가?

선우네 멸치 전문 식당 '은파'는 다른 식당들처럼 전부 방으로 이루어졌으며 이 층이다.

화장실에서 대충 세수만 한 선우는 소희와 원혜진을 은파이 층으로 데리고 올라갔다.

주방에 있던 어머니 송연숙은 선우가 여자를 데리고 왔다는 말에 젖은 손을 닦으면서 이 층으로 올라왔다.

"우야."

송연숙은 창가에 앉은 선우 일행 쪽으로 다가오면서 선우 옆에 앉은 소희와 맞은편의 원혜진을 분주하게 살폈다.

선우는 어머니가 소희를 알아볼 것이라고 생각했다. 그러면 그녀를 뭐라고 소개해야 할지 곤란했다.

소희는 선우가 춘천 이모 집에 다녀간 이후 안정을 되찾아 밥도 잘 먹고 잠도 잘 잤으므로 예전 모습으로 돌아왔다. 송연숙이 그녀를 못 알아볼 리가 없다.

아닌 게 아니라 송연숙은 선우 너머 창 쪽에 앉아 있는 모자와 선글라스를 벗은 소희를 발견하고 그 자리에 멈춰서 놀라는 표정을 지었다.

"엄마야! 이기 누꼬?"

송연숙은 다리에 힘이 풀려 그 자리에 풀썩 주저앉았다.

그녀는 배시시 미소를 짓고 있는 소희를 바라보면서 귀신을 본 것 같은 표정을 지었다.

"우야, 엄마가 지금 꿈을 꾸고 있는갑다. 헛것이 다 보인다. 우아믄 좋노."

소희는 얼른 일어나서 송연숙 앞에 무릎을 꿇고 앉으며 그녀의 두 손을 잡았다.

"어머님, 괜찮으세요?"

"하이고야, 낼로 보고 어무이라칸데이."

송연숙은 두 손을 소희에게 잡힌 채 그를 빤히 바라보았다.

"아가씨, 안소희 씨 맞지요?"

"네, 어머님."

소희가 화사하게 미소를 지으니 송연숙은 눈이 멀어버릴 것만 같았다.

소희는 조금 전에 원혜진이 귓속말로 가르쳐 준 대로 했다.

"어머님, 절 받으세요."

그녀는 일어나 누가 말릴 새도 없이 송연숙에게 우아한 동작으로 큰절을 올렸다.

여행 중에 선우를 만난 것은 우연이지만 그 우연을 운명으로 만드는 것은 소희의 몫이라고 원혜진이 넌지시 귀띔해 준 것이다.

소희의 생각도 원혜진과 다르지 않았다.

선우가 춘천에 다녀간 이틀 후 소희는 이래서는 안 되겠다고 생각하여 심기일전 재충전을 위해서 원혜진과 단둘이 여행을 떠났다.

처음에는 전라도 쪽으로 갔다가 남해안을 일주하고 어제 부산에 도착하여 하룻밤 자고 멸치로 유명한 기장 대변항을 구경하기 위해 이곳에 온 것이다.

그런데 여기에서 선우를 만날 줄은 꿈에도 몰랐다. 이런 확률은 아마 억만분의 일 정도일 것이다.

그 억만분의 일 확률을 운명으로 만들 찬스는 지금뿐이라는 것은 원혜진의 말이 아니더라도 소희 역시 뼈저리게 실감하고 있었다.

"하이고마, 우짜면 좋노."

대한민국 최고의 아이돌 스타인 안소희의 절을 받은 송연숙은 당황해서 어쩔 줄을 몰랐다.

그녀는 소희를 일으켜 앉혔다.

"안소희 씨, 이라믄 안 됩니다."

소희는 고개를 들고 선우를 바라보았다.

"선우 오빠 어머니신데 제가 절을 하는 게 당연하죠."

송연숙은 선우를 쳐다보며 어리둥절한 표정을 지었다.

"우야, 안소희 씨가 지금 뭐라카노?"

선우는 물러날 곳이 없음을 느꼈다.

"소희는 내가 아는 애예요."

"아는 애가 우째 낼로 보고 절을 하는기고?"

소희가 특유의 아름다운 미소를 지었다.

"어머님, 저 선우 오빠 여자 친구예요. 애인요."

"옴마야!"

송연숙이 자지러지는 표정을 지으며 선우를 쳐다보았다.

"참말이가?"

선우가 대답을 하지 못하고 머뭇거리는데 소희가 아예 쐐기를 박았다.

"저하고 선우 오빠, 깊은 사이예요."

선우도 예상하지 못한 도발이다.

소희는 뭔가 단호하게 결심한 것 같았다. 우연을 운명으로 만들 그 무엇을.

"옴마야, 이기 무신 소리고? 깊은 사이라 카믄……."

소희는 선우하고 딥키스를 두 번이나 하고 또 그가 자신의 몸을 구석구석 더듬은 것을 제 딴에는 '깊은 사이'라고 표현한 것이다.

그녀로선 충분히 그럴 수 있었다. 그녀는 지금껏 22년 동안 살아오면서 어느 누구하고도 그런 깊고 진한 행위를 해본 적이 없기 때문이다.

"우야, 안소희 씨 말이 참말이가?"

선우는 답답했다.

"엄마……."

"참말인지 아닌지 그것만 대답해라."

선우로선 어머니에게 소희하고 있었던 일을 구체적으로 설명할 수 없었다.

키스를 두 번 했으며 그러다가 흥분해서 그녀의 몸 여기와 저기를 몇 번 더듬었다는 식의 설명을 어떻게 할 수 있다는 말인가.

"참말입니다."

"하이고마!"

송연숙은 크게 놀라서 상체가 뒤로 넘어가다가 두 손으로 바닥을 짚었다.

그녀는 망연자실한 표정으로 소희를 바라보며 중얼거렸다.

"그라믄 우리나라 최고 스타가 내 며느리가 된다는 말인가? 이기 꿈인가 생시인가."

"엄마."

송연숙은 선우의 말은 들으려고도 하지 않고 소희의 손을 잡고 벌떡 일어섰다.

"여기서 이럴 게 아니라 안으로 드갑시다, 고마."

선우는 원혜진이 미소를 짓는 것을 보지 못했다.

송연숙이 식당에서 소희를 데리고 아래층으로 내려갔다가 주방을 지나는 동안 일하는 아줌마와 주방 아줌마들이 얼핏 소희를 보고는 기겁을 하고 난리가 났다.

요즘 TV만 켜면 드라마나 광고, 인기 가요 프로그램 등에서 소희가 도배하다시피 나오기 때문에 아줌마들이 그녀를 알아보지 못할 리가 없었다.

그러나 송연숙은 아무 말도 하지 않고 소희를 데리고 안채로 들어갔다.

식당 주방을 지나 뒷문으로 나가면 아담한 마당이 나오고, 그 너머에 근사한 별장식 이 층 양옥집이 있다.

선우는 원혜진까지 세 여자를 따라서 안채로 들어갔다가 샤워를 하려고 욕실로 들어가 버렸다.

어차피 그가 있어봐야 별 도움이 될 것 같지 않았다.

이제부터는 그저 흘러가는 강물에 몸을 맡기는 수밖에 없을 것 같았다.

선우가 샤워를 하고 나오자 상황은 돌이킬 수 없는 지경으로 치닫고 있었다.

소희가 송연숙을 자기 엄마하고 화상 통화를 시켜준 모양인데 선우가 샤워를 하는 동안 두 엄마가 말도 못 할 정도로 친해져 서로 사돈, 사돈 해가면서 난리도 아니었다.

선우가 나왔을 때는 원혜진의 도움으로 휴대폰을 거실의 대형 TV와 연결해 저쪽 소희 엄마와 큰 이모 모습을 크게 보면서 대화하는 상황이었다.

소희는 거실 소파의 송연숙 옆에 찰싹 달라붙어 앉아 연신 '어머님'이라고 부르는데 송연숙의 얼굴에 행복한 웃음이 해바라기처럼 가득했다.

선우는 어이없다는 표정을 지으며 쳐다보다가 어머니 송연숙이 너무도 행복한 표정을 지으면서 연신 명랑한 웃음을 터뜨리는 모습을 보고는 가슴 한구석이 뭉클했다.

이제야 돌이켜 생각해 보니 어머니는 평생 저렇게 환한 얼굴로 목젖이 다 보이도록 웃거나 행복한 모습을 보인 적이 한번도 없었다.

물론 선우는 어머니가 과거에는 자신의 유모였다는 사실을 알고 있다.

23년 전, 돌이 갓 지난 젖먹이 선우가 서울에 살 때에는 어머니 송연숙은 유모였고 그녀의 남편은 신강가의 운전기사로 근무했다.

마가의 습격으로 할아버지와 할머니, 부모가 한꺼번에 몰살당했을 때 어머니의 남편도 죽음을 면하지 못했다.

그때 어머니는 선우를 안고 고향인 이곳 기장으로 내려와 선우를 아들로 삼고 꼭꼭 숨어 살았다.

사실 송연숙은 팔대호신가 송보가의 직계 혈통 3대다. 팔대호신가의 혈족만이 신강가를 측근에서 보필할 수 있는 것이

법칙으로 정해져 있었다.

그렇지만 송연숙은 23년 전 신강가가 멸문지화를 당한 이후 팔대호신가와는 완전히 연락을 끊고 살아왔다.

신강가에 변고가 닥칠 경우에는 후손을 보호하게 되는 사람은 팔대호신가는 물론 세상과 단절한 채 살아야 한다는 것 또한 신강가 측근이 지켜야 할 법칙이었다.

선우는 송연숙이 자신을 얼마나 애지중지 키웠는지 너무도 잘 알고 있다.

그런 송연숙이 지금 저렇게 기뻐하는 모습을 보니 선우 자신이 그녀를 기쁘게 해준 적이 거의 없다는 사실에 반성하는 마음이 들었다.

송연숙은 소희가 정말 마음에 드는지 그녀의 어깨를 다정하게 꼭 안은 채 TV 속의 소희 엄마와 깨가 쏟아지게 수다를 떨고 있다.

선우가 멀뚱히 서 있는 것을 발견한 송연숙이 손짓으로 불렀다.

"우야, 얼른 이리 오래이."

어머니 말을 한 번도 거역해 본 적 없는 선우는 씁쓸한 표정을 지으면서도 소파로 다가갔다.

송연숙은 선우의 팔을 잡아 소희 옆에 앉히면서 TV를 가리키며 말했다.

"우야, 니 장모님께 인사드리래이."

선우가 쳐다보자 TV에서 소희 엄마와 큰 이모가 나란히 앉아 있는데 몹시 기대하는 표정이다.

기대하는 사람은 여기에도 있다.

소희다.

그녀는 선우가 엄마를 뭐라고 부를지, 어떻게 말을 할지 걱정하면서도 한편으로는 몹시 기대하는 표정으로 그를 말끄러미 바라보았다.

선우는 안면이 있는 소희 엄마와 큰 이모에게 꾸벅 고개를 숙였다.

"안녕하십니까?"

—오, 그래요.

어쩌다가 이런 상황이 됐는지 모르는 소희 엄마는 춘천에서 만난 선우의 잔상을 기억하며 어색하게 인사했다.

송연숙은 신바람이 났다. 대한민국 최고의 아이돌을 며느리로 맞이하게 되었으니 앞으로 기장군에서 그녀를 부러워하지 않는 사람이 없을 것이다.

대한민국 최고의 아이돌도 아이돌이지만 송연숙이 소희하고 직접 대화를 해보니 어디 한 군데 나무랄 데 없이 마음에 쏙 드는 아가씨다.

아무리 대한민국 최고의 아이돌이라고 해도 마음에 들지

않으면 무 자르듯 단칼에 자르는 게 그녀의 성격인데 소희는 마음에 들지 않는 구석을 찾아내려고 눈에 불을 켜도 찾을 수가 없으니 그저 예뻐할 수밖에 없는 것이다.

"사돈, 딸아를 이리 예쁘게 키워서 우리 아한테 주시면 죄송해서 우야는교?"

송연숙은 소희가 이미 며느리가 다 된 것처럼 행동했다.

하긴 선우하고 소희가 깊은 사이라는데 그 정도면 이미 얘기 끝난 게 아니겠는가.

송연숙은, 아니, 소희까지 가세해서 선우를 옆에 앉혀놓고 TV 속의 소희 엄마, 큰이모와 한참이나 더 수다를 떨었다.

예전에 안채 이 층은 선우 혼자 사용했다.

이 층에는 침실과 거실, 욕실 겸 화장실이 하나씩 있고 비상계단이 따로 있어서 일 층으로 내려가지 않아도 되기 때문에 독채처럼 사용할 수 있었다.

또한 옥상에는 옥상 전체를 덮을 수 있는 커다란 그늘막과 널따란 평상이 있으며, 지금 그곳에서 선우와 소희, 송연숙, 원혜진, 그리고 일찌감치 문을 닫은 식당에서 일하는 아줌마들까지 둘러앉아 때아닌 회식을 벌이고 있다.

송연숙은 대한민국을 들었다 났다 하는 안소희를 며느리로 보게 됐다면서 자랑이 늘어졌다.

단언컨대 선우는 어머니가 이렇게 기고만장할 정도로 으스대면서 기뻐하는 모습을 한 번도 본 적이 없다.

식당 아줌마들은 소희를 둘러싸고 앉아서 세상에서 제일 예쁘다, 선녀보다 더 예쁘다면서 누가 칭찬 잘하나 대회를 열고 있었다.

"결혼은 은제 하는교?"

"알라는 몇이나 낳을라꼬?"

"결혼식에 우리도 모두 부를 꺼지예?"

한바탕 난리법석을 떨고 나서 식당 아줌마들이 물러갔다.

"아가, 회무침이 맛이 없나? 우째 안 묵노?"

송연숙은 소희를 챙기느라 정신이 없었다.

그녀는 소희의 호칭을 '아가'라고 못 박았다.

"회무침 너무 맛있어요, 어머니."

"옹야. 많이 묵으라."

소희와 송연숙은 장래 시어머니와 딸이 아니라 모녀처럼 다정했다.

송연숙은 원래 이곳 대변항에서 두주불사(斗酒不辭) 말술로 유명했다.

술이 무거워서 들고 가지는 못해도 몽땅 마셔서 뱃속에 넣고 갈 수는 있다는 사람이 바로 그녀였다.

소희는 술을 잘 마시지 못하지만 송연숙이 술꾼이라는 사실을 눈치 빠르게 알아차렸다.

그래서 그녀에게 잘 보이기 위해 그녀가 주는 대로 넙죽넙죽 받아 마셨다.

더구나 송연숙은 소주만 마시는데 소희는 얼굴 한번 찡그리지 않고 잘도 마셨다.

속에서 불길이 활활 타올랐지만 냉수를 마셔가면서 꾹꾹 잘 참았다.

송연숙보다 더 행복한 사람은 아마 소희일 것이다. 그녀는 여행을 왔다가 이런 행운을 만나게 될 거라고는 꿈도 꾸지 못했기에 지금 이것이 꿈인지 현실인지, 자고 나면 일장춘몽인 양 사라져 버릴 것만 같았다.

선우도 술로는 송연숙을 이기지 못한다. 그가 송연숙을 못 이기는 게 몇 개 있는데 그중 하나가 술이다.

그는 어머니가 주는 술을 거절한 적이 없고, 거절하면 어머니가 서운하게 생각한다는 사실을 잘 알고 있다.

원혜진을 제외한 세 사람은 대변항 명물 멸치를 안주 삼아 술을 마시며 시간 가는 줄 모르고 얘기꽃을 피웠다.

처음에 선우는 이 자리가 불편하고 어색했지만 시간이 지날수록 마음이 풀리며 편해졌다.

무엇보다도 어머니 송연숙이 '이렇게 기쁜 날은 내 평생 처음이다'라는 말을 열 번도 넘게 할 정도로 기뻐했기 때문에 선우도 덩달아서 기뻤다.

그리고 소희하고 이렇게 허심탄회하게 터놓고 술을 마셔본 적이 없기 때문에 그녀의 성격이 매우 순수하면서도 배려심이 깊고 그러면서도 명랑하다는 사실을 이번에 처음 알게 된 것이 소득이라면 소득이다.

술자리가 파하고 아래층으로 내려가기 전에 송연숙은 이 층 침실의 침대에 아끼고 아끼던 좋은 이불을 손수 깔아주었다.

최고급 풍기 인견이다.

그러면서 선우와 소희에게 말하기를 나중에 선우가 색시를 집에 데리고 오면 이 이불을 내주려고 했는데 오늘이 바로 그 날이라면서 기쁨의 눈물까지 보였다.

송연숙은 선우와 소희가 당연히 한 침대에서 잘 거라고 생각했다.

왜냐하면 소희가 자신의 입으로 이미 깊은 관계라고 말했기 때문이다.

많이 취했지만 정신을 잃을 정도는 아닌 선우와 소희는 송연숙을 아래층까지 배웅했다.

송연숙은 원혜진을 아래층으로 데려가 그녀에게도 침실을 내주고 좋은 이불을 직접 깔아주었다.

선우는 이 층 작은 거실에 앉아서 창밖으로 불야성을 이루고 있는 대변항 부두를 바라보고 있었다.

그때 누군가 계단을 올라오는 소리가 들려 돌아보니 어머니가 비틀거리면서 올라오고 있는 모습이 보였다.

"엄마."

선우가 얼른 달려가 부축하자 송연숙은 소희를 찾는지 두리번거렸다.

"아가는 오데 갔노?"

"씻고 있어요."

선우가 침실을 가리키면서 말하자 송연숙은 선우의 손을 잡고 소파에 앉았다.

"우야, 내는 인자 당장 죽는다 캐도 소원이 없데이."

"엄마."

송연숙은 선우가 오진훈의 부름을 받아서 신강가의 대를 이었다는 사실을 모르고 있다.

23년 전 그때 신강가는 끝났으며, 선우는 이제 평범한 생활을 하고 있는 줄 알고 있다.

송연숙은 선우 옆에 앉아서 손을 쓰다듬었다.

"사람의 욕심이라는 게 한도 끝도 없는기라. 너하고 소희를 보니까 이자는 예쁜 손주 하나 안아봤으면 하는 소원이 또 생기뿟다. 우야믄 좋노?"

선우는 아무 말도 못 하고 가만히 있었다.

혜주나 황아미가 아이를 낳는다고 해도 그 아이를 손주라고 어머니한테 안겨 드릴 수는 없다.

그렇다고 재신저에 들어온 미아를 일부러 여기까지 데려와서 어머니한테 보여 드릴 수도 없다.

어머니가 이미 소희를 며느리로 알고 있기 때문이다.

"우야, 니 내캉 약속 하나 하자."

"뭔데요?"

"약속할래, 안 할래? 그것부터 말하그래이."

어머니가 이런 식으로 억지를 부린 적이 없다. 그만큼 소희가 어머니 마음에 든 것이다.

선우는 엷게 미소 지었다.

"약속할게요."

"오냐. 내 그럼 말하꾸마."

어머니하고 이렇게 나란히 앉아 있는 것도 참 오랜만이다.

"니 소희 울리면 안 된다. 알긋나?"

"……."

"니 내캉 약속했대이."

어머니가 설마 이런 약속을 강요할 줄은 예상하지 못했다.

"소희 버리믄 안 된다는 말이다. 소희 눈에서 눈물 나게 하믄 니는 내 아들 아이다."

술기운 탓도 있겠지만 선우는 어머니 말처럼 앞으로는 소희를 울리지 말아야겠다고 마음속으로 다짐했다.

"알았어요."

"참말이가?"

"네. 소희 울리지 않을 테니까 걱정 마세요."

"오냐. 니는 참 효자다."

어머니는 선우의 뺨을 쓰다듬고는 일어섰다.

선우는 어머니를 아래층 침실까지 부축해 드리고 이 층으로 돌아왔다.

어머니가 저렇게 흥분하고 행복한 모습을 보니 선우도 기분이 흐뭇해졌다.

그는 열려 있는 침실 안쪽을 보다가 소희가 욕실에 들어간 지 꽤 오래됐다는 생각이 떠올라 가보았다.

똑똑똑.

"소희야."

욕실 문을 두드리며 불렀지만 아무 대답이 없어 한 번 더 불렀으나 마찬가지였다.

혹시나 하는 생각에 조심스럽게 문을 열고 들어가 보니 아니나 다를까, 소희가 알몸으로 욕실 바닥에 엎드려 있고 그 위로 샤워기의 물줄기가 쏟아지고 있다. 취해서 샤워를 하다가 잠이 든 것이다.

선우는 급히 들어가 샤워기를 끄고 소희를 흔들었다.

"소희야."

"으음, 오빠……."

168㎝의 늘씬한 몸매의 소희가 몸을 뒤척이면서 눈을 뜨더니 선우를 보며 방그레 미소 지었다.

"오빠, 나 취했나 봐요."

젖은 머리카락이 얼굴을 휘감고 비틀고 있는 온몸에 물방울이 가득 맺혀 있는 소희 모습은 한마디로 죽음이었다.

선우는 소희를 안으려고 했다.

"아, 아직 안 씻었어요."

"안 씻어도 된다."

"아냐. 더러워요. 땀 많이 흘렸어요. 씻어야 해."

"그럼 일으켜 줄게 씻어라."

선우가 일으키려는데 소희가 자꾸 비틀거렸다. 그 바람에 그녀의 터질 듯 탐스러운 유방이 본의 아니게 그의 손과 팔에 닿아 짓눌렸다.

소희와 키스도 하고 유방을 빨기도 했으며 은밀한 부위를 애무하기도 한 선우지만 지금과 같은 상황은 처음이다.

소희는 욕조에 걸터앉아서 어리광을 부렸다.

"오빠가 씻겨줘요."

선우는 물끄러미 그녀를 굽어보다가 밖에 나가서 옷을 다

벗고 다시 들어왔다.

소희는 여전히 욕조에 걸터앉아 있다가 들어서는 선우의 벌거벗은 모습을 보고는 깜짝 놀라며 두 손으로 얼굴을 가렸다.

"엄마야!"

그녀는 취했지만 본능적으로 당황하면서 발을 동동 굴렀다.

"오빠! 미쳤어요? 저리 가! 변태!"

선우는 그러는 소희가 귀여워 그녀 앞에 우뚝 섰다.

벌써 여러 명의 여자하고 섹스를 해봤기에 이런 용기가 가능할 것이다.

"소희야."

"왜요?"

소희는 두 손으로 가린 얼굴을 돌린 채 뾰족하게 대답했다.

"부부가 되려면 날 봐야지."

"……."

소희의 날씬하고 가냘픈 몸이 움찔 떨렸다.

"안 보면 나갈 거다."

"아, 안 돼요. 나가지 마."

소희는 다급하게 얼굴에서 뗀 손을 앞으로 뻗어 그의 허리를 잡았다.

그러고는 시선이 그의 그것에 멈추더니 눈이 점점 커졌다.

"아아……."

여체의 정점에 있다고 해도 과언이 아닌 소희의 나신을 보고 또 만진 직후에 반응을 한 선우의 남성은 평소의 그것이 아니었다.

그리고 소희는 이런 우주의 괴생물체 같은 물건을 난생처음 보았다. 그것도 30㎝밖에 안 되는 거리에서 말이다.

"아아……."

소희는 감탄도 아니고 두려움도 아닌 신음 소리를 냈다.

"말도 안 돼."

소희는 그것에서 시선을 떼지 않은 채 말했다.

"뭐가?"

"이런 게 어떻게……."

그녀는 말하다가 고개를 세차게 흔들었다.

선우는 그녀가 무엇을 상상하는지 짐작했다. 이런 괴물 같은 크기에 찔리면 죽을지도 모른다는 생각을 했을 것이다.

선우는 오늘 밤에 소희와 진짜로 깊은 관계를 가질 생각이지만 그녀의 반응을 보니 그러지 않아야 할 것 같았다.

"오빠."

소희가 고개를 들고 선우를 올려다보았다.

선우는 그녀가 무슨 말을 하려는지 짐작하고 욕실에서 나가려고 했다.

그런데 그녀의 입에서 전혀 뜻밖의 말이 흘러나왔다.

"만져봐도 돼요?"

송연숙은 원래 술이 취해서 자면 누가 업어 가도 모를 정도로 곯아떨어진다.

그러나 술을 한 방울도 마시지 않은 원혜진은 자다가 깨서 이 층으로 달려 올라가야만 했다.

소희가 마치 칼에 심장을 찔린 것처럼 처절한 비명을 질러댔기 때문이다.

그러기를 세 번이나 반복했다.

어른들 말씀에 의하면 처음에만 아프다는데 소희는 30분 간격으로 비명을 질러댔다.

아침에 눈을 뜨자마자 선우의 팔을 베고 자던 소희는 그의 가슴을 꼬집었다.

"순 짐승이야. 처음 하는 나한테 어떻게 하룻밤에 세 번씩이나 하다니……."

"응……."

선우는 잠에서 깨어 소희를 안았다.

여름이라서 이불도 덮지 않고 잔 소희의 늘씬하고 탱글탱글한 몸뚱이가 우람한 선우에게 안겨들었다.

"아아……."

"뭐라고 그랬니?"

소희는 눈을 흘겼다.

"오빠 짐승이라고요."

잠이 덜 깬 선우는 소희의 가슴에 얼굴을 묻었다.

"우움, 알았다. 한 번 더 해줄게."

"오, 오빠……."

소희가 네 번째 비명 소리를 터뜨렸지만 원혜진은 이 층으로 올라가지 않았다.

아침 식사 후 선우는 소희의 벤츠 스프린터 승합차를 타고 나들이에 나섰다.

선우도 그렇고 소희도 쉬는 김에 아예 푹 쉬기로 마음먹은 것이다.

원혜진이 운전을 하고 두 번째 좌석에 선우와 소희가 한 몸처럼 붙어 앉아 있다.

어젯밤 선우가 소희와 합방을 하게 된 것에는 여러 가지 이유가 있었다.

가장 큰 이유는 아무래도 어머니 때문일 것이다.

소희를 대변항에서 우연히 만난 것이나 술이 많이 취했다는 것도 이유가 될 수 있겠지만 소희를 본 어머니가 기뻐하고 행복했다는 이유보다는 크지 않았다.

그렇다고 해도 어머니가 행복하다는 이유가 선우 자신의 최종적 결정보다는 크지 않았다.

누가 뭐래도 결정권자는 선우이다.

소희를 받아들인 것에 대해서 이런저런 구질구질한 변명 같은 걸 늘어놓고 싶지 않았다.

소희가 예쁘고 사랑스러워졌다. 그래서 마음을 바꾼 것이다.

어쩌면 소희가 어머니를 기쁘게 해주었기 때문에 그런 마음이 생겼는지도 모른다.

달걀이 먼저냐 닭이 먼저냐 같은 것은 중요하지 않았다.

중요한 것은 이제 소희가 선우의 여자가 됐다는 사실이다.

"소희야."

"네?"

선우가 부르자 소희는 기다렸다는 듯 품속으로 파고들었다.

"너 어째서 내가 좋은 거냐?"

원래 선우에게 안겨 있던 소희는 아예 한 몸인 것처럼 찰싹 달라붙더니 두 팔로 선우의 허리를 안고 그를 올려다보면서 꿈꾸는 듯한 표정을 지었다.

"나한테 치근거리지 않는 남자는 오빠가 처음이었어요."

선우는 뜻밖이라는 표정을 지었다.

생명의 은인이라든지, 선우가 잘생겼기 때문이라든지, 자기에게 잘 대해주어서라는 대답을 기대했는데 전혀 예상하지 않은 대답이 나왔다.

소희는 선우의 가슴을 만지작거렸다.

"오빠는 내 생명의 은인인데도 그걸 빌미로 나한테 접근하려고 하지 않았어요."

소희는 선우가 만능술사 골드핑거일 때도 사랑했고, 둘째 이모부에 의해서 선우가 재계 7위 우림그룹 총수의 손자라는 것이 밝혀졌을 때에도 변함없이 사랑했다.

그러니까 소희는 선우의 신분 같은 것을 보고 그를 사랑한 것이 아니라는 얘기다.

"더구나 스타인 날 떼어내려고 애쓰는 오빠가 처음에는 얄미웠어요."

소희는 정말 얄밉다는 듯 선우를 흘겼다.

대부분 사랑은 그렇게 시작하는 것이다.

"그러다가 그때 양곱창집에서 술을 마신 이후부터 오빠가 좋아지기 시작했어요."

그날 밤에 선우는 소희네 상트빌 현관 안 구석에서 그녀와 키스를 했다.

소희가 키스를 허락한 것도, 선우가 키스를 하겠다고 덤빈 것도 다 술기운 때문이었을 것이다.

소희는 선우 어깨에 뺨을 대고 그를 말끄러미 바라보면서 물었다.

"나 오빠 여자 맞아요?"

선우는 그녀의 머리를 쓰다듬었다.

"그래."

"헤헤헤, 기분 좋아."

소희는 사르르 눈을 감았다.

이제는 세상에 부러울 것이 하나도 없었다.

광안대교가 바라보이는 광안리 수변공원 벤치에 선우와 소희가 나란히 앉아 있고 약간 떨어진 곳에 원혜진이 서 있었다.

선우는 소희에게 자신에 대해서 설명해 주고 있는 중이다.

미아에게는 혜주가 설명했다. 선우의 여자가 됐으므로 그에 대해서 당연히 알아야 하기 때문이다.

"오빠……."

선우가 설명을 하는 동안 계속 탄성을 터뜨리며 놀라던 소희는 그가 설명을 끝내자 눈을 동그랗게 뜨고 그를 바라보면서 말을 잇지 못했다.

사실 선우는 장황하게, 그리고 구체적으로 설명하지 않고 대략적인 것들만 간단하게 설명했다.

그런데도 소희는 기절초풍하고 있었다.

그렇지만 소희는 선우에게 지금까지 한 말이 다 사실이냐고 묻지 않았다.

선우가 한 말을 하나도 빼놓지 않고 다 믿기 때문이다.

그가 해준 말은 실로 어마어마하지만 그의 말이니까 다 믿을 수 있었다.

소희는 놀라움을 간신히 억누르고 선우를 바라보았다.

"그럼 이제부터 내가 뭘 하면 되죠?"

선우가 그런 설명을 했을 때에는 그녀가 무엇을 어떻게 해주었으면 하고 원하는 것이 있기 때문일 거라고 총명한 소희는 짐작했다.

"너한테는 두 가지 선택이 있어."

"뭔데요?"

"지금처럼 사는 것과 내 집에 들어가는 거야."

"뭐가 다르죠?"

"소희 네가 지금처럼 살고 싶다면 달라지는 것은 별로 없어. 단지 너한테 경호원들이 붙게 될 거야."

"팔대호신가인가요?"

소희는 선우의 설명을 잘 들었고, 기억력이 좋다.

"그래."

"그럼 우리 빌라에 방 하나를 내줘야 하나요?"

"그럴 필요 없어."

"그럼 그들은 어디에서 지내죠? 출퇴근하나요?"

"샹트빌에서 살게 될 거야."

소희는 선우가 말장난을 하는 줄 알고 배시시 웃었다.

"그러니까 내가 방을 준다니까요? 우리 집은 크고 방이 많아요."

"아마 샹트빌을 살 거야."

"……."

소희는 무슨 말인지 금세 이해하지 못했다.

"샹트빌을 사다뇨? 그게 서른네 가구나 되는데 설마 그걸 다 산다는 말인가요?"

"그래."

"한 집이 40~50억이나 해요."

"상관없어."

"왜… 그런 거죠?"

"널 경호하려면 그 정도는 해야 하니까."

"아……!"

소희는 최초로 선우의 거대함을 조금 느꼈다.

"나… 날 경호하는 데 몇 명이나 필요한데요?"

"아마 열 명 정도일 거야."

"그런데 어째서 샹트빌 전체가 필요한 거죠?"

"그래야 경호하기 편하니까."

소희는 깜짝 놀랐다.

"나는 원혜진 씨만으로 충분해요."

"소희야, 넌 이제 안소희가 아니라 내 여자야."

소희는 신강가 재신의 여자가 얼마나 중요한 신분인지 아직 이해하지 못했다.

제33장
진정한 재신

선우는 재신저로 돌아왔다.

그는 오늘 밤 재신저에서 보내고 내일 아침 신강사관에 들러 급소에 꽂혀 있는 금침들을 제거하고 재신의 교육을 마친한 달 후에 돌아오게 될 것이다.

선우와 소희를 태운 롤스로이스 팬텀이 재신저 지하 주차장에 멈추었다.

소희를 상트빌로 보내려고 했지만 그녀가 선우의 집을 가보고 싶다고 해서 데려온 것이다.

소희는 지금 귀신에 홀린 것 같은 기분이었다.

서울로 향하는 고속도로의 마지막 휴게소에서 대기하고 있던 롤스로이스 팬텀으로 갈아탈 때부터 소희의 놀라움은 시작되었다.

원혜진은 거기까지 타고 온 벤츠 스프린터를 몰고 상트빌로 가고 선우와 소희는 곧장 한남동 재신저로 왔다.

롤스로이스 팬텀은 한남동 그랜드하얏트호텔 아래 으리으리한 대저택이 널려 있는 곳 중의 한 곳으로 들어갔다.

창밖으로 내다본 소희는 대저택의 압도적인 규모에 질려 버렸다.

그런데 차는 대저택 안에서 멈추는 것이 아니라 저택의 지하로 미끄러져 들어갔다.

그래서 지하 차고로 들어가는 줄 알았는데 그게 아니라 불이 환하게 켜져 있는 지하 터널을 한참이나 달려 어느 넓은 지하 공간에 멈추었다.

그곳은 지하 주차장 같은 곳이 아니라 최고급 호텔의 로비처럼 넓고 밝으며 으리으리한 공간이었다.

그곳에 여러 사람이 기다리고 있는 광경을 창을 통해 보고 소희는 긴장했다.

척!

밖에서 두 사람이 롤스로이스 팬텀의 양쪽 뒷문을 열어주었다.

"내리자."

선우가 말하고 먼저 내렸다.

소희는 조마조마한 심정으로 차에서 내렸다.

늘어선 아홉 명이 선우와 소희에게 정중히 허리를 굽혔다.

"주군!"

"아……."

나직하지만 묵직한 합창 같은 소리에 소희는 깜짝 놀랐다.

선우가 여섯 명의 남자와 세 명의 여자를 가리켰다.

"이들은 재신팔정과 재신당주(宰神堂主)야."

재신팔정의 우두머리 오영민을 비롯한 다섯 명과 여자 세 명이 소희에게 고개를 숙였다.

"아가씨를 뵙습니다."

오영민을 필두로 일곱 가문의 청년 일정주들이 차례로 자신을 소개하며 인사했다.

그리고 마지막에 염홍아가 우아하게 인사했다.

"안녕하세요, 아가씨. 저는 이곳 재신저를 담당하고 있는 재신당주 염홍아입니다."

소희는 당황했지만 침착하려고 애썼다.

"안소희예요."

소희는 고개를 가볍게 끄떡이고 엘리베이터로 걸음을 옮기는 선우를 급히 따라갔다.

평소 같으면 선우의 팔을 잡거나 팔짱을 끼겠지만 분위기가
너무 엄숙해서 그러지 못했다.

대한민국에서 안소희를 모르는 사람은 노인이나 젖먹이뿐
일 텐데 이들은 그녀를 모르는지 인사를 할 때 외에는 그녀에
게 눈길도 주지 않았다.

그것이 소희를 더 긴장시켰다.

선우는 스포그 커맨드의 보고를 받으러 갔다.

소희는 염홍아의 안내로 엘리베이터를 타고 재신의 거처인
3층으로 올라갔다.

"주군께서 아가씨께 거처를 구경시켜 드리라고 하셨습니다."

염홍아는 앞장서서 안내하며 친절하게 설명했다.

"주군께서는 아가씨께서 저녁 식사를 하시고 갈 것인지 여
쭤보라고 하셨습니다."

소희는 아직도 반은 꿈을 꾸는 것 같고 반은 긴장하고 있
어서 걸음걸이마저 자연스럽지 못했다.

"선우 오빠하고 같이 식사할 건가요?"

"그럴 것입니다."

"그럼 먹고 가겠어요."

소희는 엄숙한 분위기의 복도를 걸으면서 물었다.

"여기에는 몇 명이나 있나요?"

생긋 미소 지은 염홍아가 대답했다.

"이곳 3층에는 스물다섯 명의 시녀가 있습니다."

"시녀……."

"남자는 없나요?"

"3층은 주군의 거처이며 남자분은 주군 혼자이십니다."

"아……."

소희는 때로는 곧게 이어지고 때로는 곡선을 이루기도 하며 또 때로는 아담한 휴게 공간 같은 장소를 천천히 구경하면서 걸어갔다.

"그럼 이 집 전체에는 몇 명이나……."

"이곳 재신본당은 다섯 동의 별채를 포함해서 팔대호신가 사람 157명이 주군을 모시고 있습니다."

"그렇게나 많이……."

롤스로이스 팬텀을 타면서 시작된 소희의 놀라움은 정상에 오르는 천 개의 계단 중에서 이제 열 개도 오르지 못했다.

염홍아는 거만하지 않게 설명을 이었다.

"이곳 재신저만 그렇다는 겁니다."

"그럼 또 다른 것도 있나요?"

"재신저를 중심으로 열두 채의 저택이 포진하고 있으며 전부 재신저를 호위하고 보필하기 위한 장치입니다. 전체로 보면 460명 정도가 근무하고 있습니다."

소희는 너무 놀라서 걸음을 멈추었다.

"그들이 전부 선우 오빠 한 사람을 위해서……."

"그렇습니다."

소희는 선우가 한 설명 중에서 듣지 못한 부분에 대해서 물었다.

"그러자면 돈이 많이 들 텐데요."

소희는 한참 걸었는데도 아직 3층을 한 바퀴 돌지 못했다.

"아가씨."

염홍아가 걸음을 멈추었다.

"네."

"주군께서 스포그가 무엇인지 설명해 주시지 않았나요?"

"스포그가 신강가 소유이며 선우 오빠가 신강가의 가주라고만 말해주었어요."

염홍아는 다시 걸음을 옮겼다.

"아가씨, 실례지만 국내 재계 순위 1위가 어디인지 알고 계신가요?"

"성신그룹 아닌가요?"

"성신그룹 총수가 누구죠?"

"오진훈 회장님이라고 알고 있어요."

"조금 전에 주군을 모시는 재신팔정 중에서 오일정이라고 소개한 사람이 누군지 기억하십니까?"

염홍아는 은근히 소희의 기억력 테스트를 했다.

"오일정의 이름이 오영민이라고 기억해요."

"그가 오진훈 씨의 아들이에요."

"아……."

소희의 머릿속에서 종소리가 요란하게 울렸다.

"그럼… 성신그룹이……."

"스포그 소유입니다."

"세상에!"

소희는 천 개의 계단 중에 이제 스무 번째에 발을 올려놓았다.

"미르자동차라고 들어보셨나요?"

"물론이에요."

"스포그 소유입니다."

"아!"

소희는 기겁했다.

"스팍스어패럴은요? 그것도 스포그 소유인가요?"

"그렇습니다. 아니, 주군 개인의 소유라고 할 수 있죠."

염홍아는 손가락 하나를 세웠다.

"단적으로 말씀드리자면……."

소희는 염홍아가 폭탄을 터뜨릴 것 같은 예감이 들었다.

"얼마 전 부산에 슈퍼 메가 요트 '골드핑거'가 입항한 것을 알고 계십니까?"

대한민국이 한바탕 들썩거린 그 일을 소희가 모를 리 없다.

그 당시에 소희도 TV를 보면서 나도 저런 근사한 요트를 타보고 싶다는 생각을 했다.

그런데 그 순간 소희는 갑자기 온몸에 소름이 쫙 끼치며 오싹해지는 것을 느꼈다.

방금 염홍아가 슈퍼 메가 요트 이름이 '골드핑거'라고 말했기 때문이다.

"설마……."

TV에서 연일 우리나라에 들어온 슈퍼 메가 요트에 대해서 떠들 때는 요트 이름이 '골드핑거'라는 것을 듣고 단지 '선우 오빠 닉네임하고 똑같네'라고만 생각했다.

슈퍼 메가 요트 '골드핑거'의 주인은 K.Sun이며 세계 제일의 부자라고 알려져 있다.

세계 2위의 부자인 빌게이츠의 재산이 860억 달러라고 하는데 K.Sun은 그보다 100배를 훌쩍 뛰어넘는 9조 달러 정도라고 하니 비교 불가다.

"아가씨께선 K.Sun이 누구의 이니셜이라고 생각하십니까?"

소희는 흑백이 또렷한 눈을 깜빡거리다가 한순간 비명을 지르고 말았다.

"악!"

염홍아가 미소 지었다.

"지금 생각하신 분이 맞습니다."

"아아……!"

K.Sun의 K는 강선우의 성이고 Sun은 선우의 '선'이다.

그렇다면 선우가 K.Sun, 세계 제일의 부자라는 말이다.

소희는 더 이상 물어볼 말이 생각나지 않았다. 총재산 9조 달러를 지니고 있는 세계 제일의 부자인 선우인데 재신저를 무슨 돈으로 운영하느냐는 질문을 계속한다면 바보천치가 분명하다.

염홍아는 근사한 카페처럼 꾸며진 휴게 공간에 멈춰 서서 창밖을 내다보았다.

"저기 저택 보이십니까?"

"하늘색 지붕 말인가요?"

소희는 염홍아 옆에서 그녀가 가리키는 재신저 바깥의 웅장한 저택을 바라보았다.

"그렇습니다. 아가씨 보시기엔 어떻습니까?"

"대기업 회장의 저택 같군요."

"만약 아가씨께서 재신저에 들어오시면 저기에서 지내시게 될 겁니다."

"……"

소희는 눈을 동그랗게 뜨며 놀랐다.

"내가 저기에서……."

"경호하는 인원과 시녀 30명이 아가씨를 보필하게 됩니다."

"그럼 선우 오빠는……."

선우의 거처는 재신저 3층이고 소희 거처는 근처의 저택이라면 같이 사는 게 아니라는 얘기이다.

"이곳 재신저에도 아가씨 거처가 마련될 것입니다."

"무슨 뜻이죠?"

"저긴 명목상의 아가씨 저택입니다. 이곳에서 사셔도 상관이 없다는 뜻입니다. 말하자면 저긴 아가씨의 놀이 공간이자 휴게 공간이고 여긴 침실입니다."

"아……!"

선우는 두 시간에 걸친 보고와 회의, 그리고 명령 내리기를 끝내고 상황실을 나섰다.

선우가 제압한 현사임과 현장곤, 권보영을 신문해서 나온 결과에 대한 보고였다.

두 여자와 현장곤에게서 실토를 받아내기 위해 고문 따위를 할 필요는 없었다.

스포그메디컬에서 개발한 주사를 한 대씩 놔줬더니 세 사람이 알고 있는 모든 것을 술술 불었다.

현사임과 현장곤은 자신이 알고 있는 마현가에 대한 모든 것을 실토했으며, 스포그 커맨드 요원들이 그것을 선우에게 보고했다.

현사임과 현장곤 남매는 마현가에 대해서 80% 정도 알고 있었다.

더 중요한 것은 마현가에서는 현사임, 현장곤 남매가 신강가를 상대하러 갔다는 사실을 아무도 모르고 있다는 것이다.

그러니까 현사임과 현장곤은 권보영을 도우러 나갔다가 감쪽같이 실종된 것으로 처리됐을 것이다.

권보영 역시 침대에 편안하게 누운 자세로 자기가 알고 있는 중요한 정보에 대해서 모조리 실토했다.

마현가를 박살 내는 것은 선우가 신강사관을 다녀오는 한 달 후로 미루었다.

재신저 3층 식당에서 저녁 식사가 있기 30분 전.

선우는 소희에게 꼭 해줘야 할 이야기가 있었다.

선우는 창가에 위치한 아담한 카페 같은 휴게 공간에 소희와 마주 앉았다.

"소희야, 할 얘기가 있어."

맞은편의 소희는 아까하고는 많이 달라진 눈빛으로 선우를 바라보았다.

눈빛이 달라졌다는 것은 선우가 세계 제일의 부자라는 사실을 알았기 때문이지 다른 것 때문은 아니다.

새로운 사실은 소희를 놀라게 했지만 그것 때문에 선우에 대한 사랑이 더 깊어지거나 옅어지지는 않았다. 그녀의 사랑은 변함이 없었다.

"옆에 앉고 싶어요."

선우가 고개를 끄떡이자 소희는 얼른 일어나 그의 곁에 찰싹 붙어 앉아 두 팔로 그의 팔을 가슴에 끌어안았다.

선우는 소희의 뺨을 쓰다듬었다.

동침한 여자에 대해서 생겨나는 사랑이 어김없이 소희에게도 피어났다.

이제 선우는 소희가 몹시 사랑스러웠다.

"내 신분에 대해서 얘기했지?"

"네."

선우는 핫팬츠를 입어서 드러난 소희의 뽀얗고 토실토실한 허벅지를 부드럽게 쓰다듬었다.

"여자가 너 하나만이 아니라는 것도 말했지?"

"네."

소희는 선우가 여자들에 대해서 설명했을 때 그를 자신이 독점할 수 없는 것 때문에 섭섭했지만 이렇게라도 그와 부부가 되고 또 그의 사랑을 받을 수 있다면 만족한다고 생각했다.

그랬는데 막상 재신저에 와보니 그에 대해서 더 이해할 수 있게 되었다.

그는 절대로 소희가 독차지할 수도 없으며 해서도 안 되는 어마어마한 인물이었다.

"선우 오빠의 아이를 낳아야 하는 팔대호신가의 여자들이 미가녀라고 했나요?"

"기억력이 좋구나."

"미가녀들하고 얼마나 자주 그걸 해야 하나요?"

다 양보한다고 해도 소희도 여자다.

"자주 있는 일은 아냐."

"그럼 괜찮아요."

말을 빙빙 돌리는 성격이 아닌 선우는 본론을 꺼냈다.

"내 피에 대해서 설명해야겠다."

"오빠 피요?"

"그래."

이런 설명은 다른 사람에게 시켜도 되지만 선우는 자신이 직접 해주는 것이 소희에 대한 예의라고 생각했다.

"우리 신강가의 피는 좀 특별해."

"어떻게요?"

신강가의 신혈에 대한 설명을 듣고 난 소희는 크고 아름다운 눈을 더 크게 뜨면서 놀라워했다.

"와아, 굉장해요."

소희는 지금까지 들은 어떤 얘기보다 흥미를 가졌다.

"그럼 만약 제가 암에 걸려서 다 죽어가거나 교통사고로 중상을 입어도 오빠의 신혈 몇 방울을 먹으면 살아날 수 있는 건가요?"

"그래."

소희는 선우를 향해 몸을 틀어서 앉아 그를 바라보며 눈부신 듯한 표정을 지었다.

"정말 오빠는 사람이 아니라 신 같아요."

"그런데 말이야, 내가 신혈로 살려준 사람들이 있어."

"그래요? 그 사람들이 누구죠?"

선우는 미아와 샤론 자매에 대한 설명을 하기 위해 신혈에 대해 설명한 것이다.

소희 얼굴에서 웃음기가 싹 사라졌다.

선우가 자신의 신혈로 미아와 샤론 자매를 살려준 적이 있으며, 그래서 그녀들과 동침을 할 수밖에 없었다는 얘기를 들은 소희는 숨이 멎어버릴 정도로 큰 충격을 받았다.

선우가 미가녀와 자는 것은 이해할 수 있다. 그것은 신강가의 가주인 선우의 우월한 핏줄을 팔대호신가에 잇기 위해서이며 순전히 비즈니스적인 성격이 강하기 때문이다.

그렇지만 미아와 샤론 자매는 아니었다. 신혈 때문이라고는 하지만 그녀들은 앞으로 죽을 때까지 선우와 이어져야만 하는 것이다.

선우는 변명하지 않고 침묵을 지켰다. 설명을 끝냈으니 나머지는 소희의 몫이다. 그녀가 어떤 결정을 내려도 거기에 따를 생각이다.

배짱을 부리는 것이 아니다. 극단적으로 소희가 선우를 떠나겠다고 한다면 기장의 어머니가 충격을 받을 것은 차치하고라도 선우 본인도 괴로울 것이다. 그렇다고 해도 소희가 떠난다면 그녀를 붙잡을 수가 없다.

소희는 한참 만에 착잡한 얼굴로 입술을 뗐다.

"그녀들을 사랑하나요?"

선우는 말없이 고개를 끄떡였다.

소희의 얼굴에 절망이 떠올랐다.

그녀는 선우가 뭐라고 변명하거나 위로의 말을 해주기를 기다렸으나 그는 벙어리처럼 아무 말도 하지 않았다.

그렇지만 소희가 봤을 때 선우가 될 대로 되라고 배짱을 부리는 것 같지는 않았다.

다만 구차하게 변명하고 싶지 않은 것 같았다. 그게 바로 소희가 알고 있는 선우의 성격이다.

그의 표정은 어느 때보다도 진지했으며, 결정을 소희에게 맡기는 것 같았다.

소희는 자신이 초라해지고 또 비참해지는 것을 느꼈다.

그러면서도 묻지 않을 수 없었다.

"날 사랑하나요?"

선우는 이번에도 고개를 끄떡였다.

그것이 소희에게는 그나마 위로가 되었다.

선우가 그녀만 사랑하는 것이 아니라서 불만이지만 어쩔 수 없을 것 같았다.

이렇게 되면 선택은 두 가지다. 선우를 떠나느냐, 아니면 그걸 감수하면서 그의 곁에 머물러야 하냐는 것이다.

그런데 소희는 도저히 선우를 떠날 수가 없을 것 같았다. 그를 만나지 못했을 때 얼마나 힘들었는지 너무도 잘 알고 있지 않은가. 그걸 또다시 반복할 수는 없었다.

어쩌면 언젠가는 선우를 잊을 수도 있을 테지만 지금은 그럴 가능성이 거의 없다. 그를 잊기 전에 소희가 먼저 죽고 말 것이다.

소희는 선우에게서 몸을 떼고 한동안 생각하다가 이윽고 가라앉은 목소리로 입을 열었다.

"저도 신혈 주세요."

선우가 가볍게 놀라며 쳐다보자 소희는 단호한 표정으로

그를 말끄러미 주시하며 다시 한번 또렷하게 말했다.

"저는 많이 먹을 거예요."

"소희야."

소희의 얼굴에는 독한 표정 같은 것은 없었다. 다만 두 눈에 눈물이 가득 고여서 절박한 표정을 짓고 있을 따름이었다.

"줄 수 있죠? 저도 오빠의 신혈을 많이 먹고 오빠 없으면 죽는 여자가 될 거예요."

"억지 부리지 마라."

소희는 기어고 눈물을 흘렸다.

"이게 억지 같은가요? 그 여자들만 오빠에게 특혜를 받은 것 같아서 저도 똑같아지려는 게 억지라고요? 오빠는 능력이 뛰어나니까 한번 제 마음을 들여다보세요. 지금 제 마음이 어떤지 짐작이나 하나요?"

소희의 처절한 마음이 어느 정도 전해지는 것 같아 선우는 그녀를 가만히 품에 안았다.

"소희야."

"신혈 줄 거죠?"

"……."

"저는 지금 절망이라는 불치병에 걸렸어요. 그 병은 오빠의 신혈로만 나을 수 있어요. 그러니까 주세요."

선우는 소희의 머리를 쓰다듬다가 고개를 끄떡였다.

"알았다. 줄게."

'절망이라는 불치병'에 걸렸다는 소희의 말이 선우의 마음을 움직였다.

선우는 주머니칼을 꺼내서 중지 끝을 살짝 그었다.

소희는 표정 하나 변하지 않고 기다렸다는 듯이 선우의 손을 잡더니 중지를 입에 넣고 힘차게 빨기 시작했다.

선우는 미아를 불러서 그녀에게도 소희와 샤론 자매의 존재를 알려주었다.

미아는 크게 놀랐지만 소희 같은 반응은 보이지 않고 그저 다소곳이 선우의 처분에 맡기겠다고 말했다.

그렇지만 선우는 미아도 속으로는 큰 충격과 절망감을 느꼈을 것이라고 짐작했다.

다만 미아의 성격이 워낙 순종적이고 차분하기에 반응이 소희와 다른 것이다.

크고 화려한 식탁 상석에 선우가 앉고 좌우에 소희와 미아가 마주 보는 자세로 앉았다.

소희와 미아는 연예계 활동을 하면서 가끔 마주쳤고, 스무 살인 미아가 두 살 많은 소희를 언니라고 부르면서 친한 편이다.

미아는 네 명의 소녀로 구성된 베누스의 멤버로서 아시아
는 물론이고 전 세계적으로 인기를 누리고 있으며, 소희는 혼
자서 가수와 탤런트, 배우 일을 한다는 점이 달랐다.

소희와 미아는 누가 더 인기가 많다고 말할 수 없을 정도
로 절정의 인기를 구가하고 있는 중이다.

"둘이 친하게 지내라."

"네."

"네, 오빠."

두 여자는 똑같이 다소곳이 대답했다.

선우는 소희와 미아에게 죄를 짓는 기분이지만 그렇기 때
문에 그녀들에게 잘해줘야겠다는 생각이다.

"나는 내일 아침 신강사관에 들어갔다가 한 달 후에 돌아
올 거야."

소희가 갑자기 선우를 보며 말했다.

"오빠, 저 재신저에 들어오겠어요."

미아보다 적극적이고 저돌적인 소희는 미아가 재신저에 있
는데 자신이 밖에서 생활한다면 뭔가 손해를 본다는 생각이
들었다.

"그렇게 해라."

꽃에 비유한다면 소희는 정열적인 장미이고 미아는 고결한
백합이라고 할 수 있다.

소희가 재신저에 들어온다는 말에 미아가 반색했다.

"언니, 제가 도와 드릴게요."

소희는 배시시 미소 지었다.

"그래줄래?"

"네. 제가 재신저랑 언니가 들어오게 될 집도 안내할게요."

소희가 식탁 위로 손을 내밀었다.

"고마워."

미아가 그 손을 꼭 잡았다.

"혼자 심심했는데 이제 언니가 들어오면 우리 재미있게 지내도록 해요."

"그래."

소희와 미아는 서로 친하게 지낼 수 있을 것 같다는 예감이 들었다.

세 사람의 식사를 여섯 명의 시녀가 시중을 들고 있다.

연예계에서 최절정의 인기를 누리면서 최고의 수입과 생활을 누리고 있는 소희와 미아지만, 이곳 재신저의 식단에는 그녀들이 한 번도 먹어보지 못한 요리가 수두룩했다.

"참, 그런데 미아 너, 활동은 계속하고 있니?"

"네, 언니."

소희는 깜짝 놀랐다.

"어떻게 그게 가능하지?"

미아는 예쁜 미소를 지었다.

"염 당주께서 다 처리해 주셨어요."

"염 당주가 누군데?"

"재신저 염홍아 당주예요."

"아……."

미아는 희고 긴 손가락을 하나 세웠다.

"팔대호신가의 송보가 여자분이 저의 새 매니저가 돼주셨고, 소속사하고도 원만하게 다 얘기가 됐어요."

"그랬구나."

선우는 소희와 미아가 대화하는 모습을 흐뭇하게 바라보면서 식사를 했다.

식사 도중에 혜주가 왔다.

"밥 먹었니?"

"안 먹었어."

"이리 와. 같이 먹자."

미아가 자기 옆자리를 가리켰다.

"여기 앉으세요, 언니."

미아에게 여러 가지 설명을 해주고 그녀를 재신저로 데리고 온 사람이 혜주라서 두 사람은 구면이다.

혜주가 미아 옆에 앉자 시녀들이 시중을 들었다.

혜주를 처음 보는 소희는 그녀가 등장하는 순간부터 놀라는 표정을 지으며 그녀에게서 시선을 떼지 못했다.

소희는 지금껏 살아오면서 대한민국은 물론이고 전 세계에서도 혜주 같은 미인을 본 적이 없었다.

더구나 혜주는 소희와 미아에게는 없는 성숙미와 세련미, 그리고 넘볼 수 없는 우아한 기품을 갖추고 있어서 소희는 저절로 기가 죽었다.

혜주가 식사를 하면서 선우에게 말했다.

"오늘 보고할 게 있고, 내일 아침 삼촌 신강사관까지 내가 동행할 거야."

혜주가 선우를 '삼촌'이라 부르면서 반말하는 걸 보고 소희는 더욱 놀랐다.

선우가 소희에게 혜주를 소개했다.

"혜주는 팔대호신가 민영가의 가주이고 내 조카야."

"아……."

선우는 이어 소희를 가리켰다.

"소희 알지?"

"응."

혜주가 안소희를 모를 리 없다.

또한 혜주는 선우가 청담동 상트빌 소희네 집에 몇 번 간

것과 그녀와 어느 정도 친분이 있다는 사실은 알고 있었다.

그런데 어느 날 갑자기 안소희가 선우의 여자가 되어 재신 저 선우의 거처 식당에 앉아 있었다.

새벽 5시 50분.

선우는 알람이 울리기도 전에 눈을 떴다.

커다란 침대에는 좌우에서 소희와 미아가 선우의 양팔을 베고 그를 향해 누워서 그의 가슴에 손을 얹은 채 곤히 잠들어 있었다.

지난밤에 선우는 소희나 미아 어느 누구하고도 같이 자지 않고 혼자 자려고 했다.

두 여자 중에 한 여자하고만 잘 수가 없기 때문이다.

두 여자하고 차례로 잘 수 있지만 그러면 누구하고 먼저 자느냐는 문제가 있다.

소희든 미아든 두 번째 자게 되는 여자는 내색하지 않더라도 마음을 다칠 것이다.

그래서 혼자 자려고 마음먹었는데 변수가 생겼다.

소희와 미아가 의논을 하여 같이 선우와 자자고 전격적으로 합의를 본 것이다. 그러니까 세 사람이 한 침대에서 같이 자자는 얘기다.

내일 아침 선우가 떠나면 앞으로 한 달 동안 못 보기 때문에 소희와 미아는 오늘 밤에는 꼭 선우와 함께 보내고 싶었지만 말로도 행동으로도 취할 수가 없어서 속만 태웠다.

그래서 혜주가 두 여자에게 같이 선우와 자라고 슬쩍 코치를 해준 것이다.

선우는 가만히 팔베개를 뺐다.

소희는 조금 뒤척이더니 이내 잠이 들었고, 미아는 잠에서 깨어 몸을 일으켰다.

밤새 이불을 덮지 않고 잤기 때문에 세 사람은 모두 벌거벗은 몸이다.

미아가 손으로 눈을 비비고는 조그맣게 속삭였다.

"가시게요?"

선우는 소희가 깰까 봐 고개를 끄떡이고 조용히 하라고 손가락을 입술에 댔다.

그가 침대에서 내려오자 미아도 따라서 내려왔다.

선우는 옆으로 누운 자세로 어린아이처럼 자고 있는 소희에게 이불을 덮어주었다.

그는 눈처럼 희고 뽀얀 미아의 벌거벗은 몸을 가만히 안아주며 속삭였다.

"더 자라."

미아는 두 팔로 선우의 허리를 꼭 끌어안고 고개를 들어 그를 올려다보았다.

"사랑해요."

선우는 미아의 엉덩이를 부드럽게 쓰다듬으며 뽀뽀를 했다.

"나도 사랑한다."

미아의 커다란 눈이 더 커졌다. 선우에게서 '사랑한다'는 말을 처음 들은 그녀의 두 눈에 눈물이 소르르 차오르며 온몸에 행복이 가득 차 피부를 뚫고 분출할 것만 같았다.

그녀는 선우를 존경하고 좋아했지만, 아니, 사랑하는 감정이 있었지만 이 정도는 아니었다.

그러다가 그와 한 몸이 됐다. 말로는 단지 '한 몸이 됐다'는 것뿐이지만 사실 그것이 내포하고 있는 의미는 무한정이다.

'한 몸이 됐다'는 것에 의미를 부여할 수 있는 것은 오로지 인간뿐이고, 그 의미를 적게, 혹은 많게 부여하는 조절 능력이 있는 것도 인간뿐이다.

미아의 소중한 부위에 선우의 몸 일부가 들어온 것이지만 1㎏도 안 되는 살덩이만 들어온 것이 아니다. 그 살덩이에는 뇌와 가슴이 갖고 있지 않은 어마어마한 의미가 담겨 있다.

그래서 그것이 없던 사랑을 생성시키고 증폭시키기도 하지만 원망과 증오를 낳기도 한다.

선우와 미아 같은 경우에는 '한 몸이 되는' 행위가 회를 거듭할수록 무한정의 사랑에 무한정의 사랑이 더해지는 가속도가 붙은 사랑을 느끼고 있었다.

미아가 까치발을 하고 그의 입술을 빨며 속삭였다.

"저 너무 행복해요."

신강사관으로 가는 차 안에서 선우는 종태의 전화를 받았다.

—의뢰야.

"어떤 거야?"

스포그 재신에 오른 선우는 이제 만능술사 골드핑거 때의 잡다한 의뢰 같은 것은 하지 않아도 되고 또 하지 말아야 하지만 그의 생각은 다르다.

—재입북한 탈북자를 구해달라는 의뢰야.

종태의 말에 선우는 뜻밖이라는 표정을 지었다.

"재입북하기도 해?"

—그야 당연하지. 탈북하기도 하지만 다시 북한으로 돌아가기도 해. 그런 일이 더러 있나 봐.

"재입북하는 이유가 뭔데?"

—체제가 완전히 다른 자본주의 대한민국에 적응하지 못하는 게 가장 크고 북한에 두고 온 가족을 그리워하는 게 그다음이래.

"그렇군."

배고픔에서 벗어나고 또 자유를 찾아서 탈북한 사람들이 어북하면 그 지옥 같은 곳으로 되돌아갔겠는가.

대한민국에서는 더 이상 견딜 수 없으니 왔던 곳으로 되돌아가는 것이다.

—이번 건은 남편이 아내를 구해달라는 의뢰야.

"재입북했다면 북한에 있을 거 아냐? 그걸 어떻게 구해?"

—아냐. 아직 중국에 있대.

"중국에 있다면 재입북이 아니잖아."

—여자가 꽤 중요한 인물인데 대한민국 방송에 나와서 북한을 신랄하게 까고 그랬대. 그래서 북한에서 벼르고 있는데 이번에 중국에 갔다가 보위부에 체포했나 봐.

대한민국 여권을 지니고 있는 사람을 중국에서 북한 보위부가 체포했다는 것이다.

"그래? 자료 보내봐."

선우는 연변에 있는 정필에게 이 일을 맡겨볼 생각이다.

"종태 형, 여태까지 하던 대로 의뢰는 가려서 받고 종무 형님에게 전달하도록 해."

—어. 선우 네가 빠지는 거야?

"아냐. 좀 바빠서 그런 것도 있고, 또 어려운 일에만 내가 나서려는 거야."

—그럼 종무 형님이 팀장인가?

"그래."

—알았다.

선우는 종태하고의 통화를 끝내고 이종무에게 전화하여 종태에게서 의뢰가 들어오면 진행하라고 지시했다.

이종무하고 전화를 끊고 3분쯤 차 안에 침묵이 흐르다가 혜주가 조용히 말했다.

"샤론 아빠에게서 연락이 왔어."

무엇 때문에 샤론 아빠가 혜주에게 연락했을지 짐작한 선우는 가만히 있었다.

혜주는 운전석 뒤 받침대에 놓은 노트북을 두드리면서 지나가는 말투로 말했다.

"가족이 의논을 했는데 샤론과 에일린을 우리한테 맡기기로 결정을 내렸대."

두 딸을 살리기 위해 샤론 부부로서는 그런 결정을 내릴 수밖에 없었을 것이다.

그런 결정을 내리려면 선우에 대한 지식이 어느 정도 있어야만 가능하다.

그래서 혜주는 선우에 대해서 극히 지엽적인 내용만 샤론 부모에게 설명해 주었다.

"내가 처리할게."

선우는 마음이 무거웠다. 미아와 소희에 이어서 이제는 샤론 자매까지 거두어야 하는 상황이기 때문이다.

그녀들을 좋아하거나 미워하는 것을 떠나서 어쩌다가 이

지경까지 됐는지 은근히 짜증이 났다.

그는 좋은 일을 한답시고 그녀들을 살려주었는데 그게 부메랑이 되어 난감함으로 돌아왔다.

그렇다고 해서 그녀들을 무슨 혹이라거나 암적인 존재로 치부하는 것은 아니다.

그녀들은 대한민국, 아니, 전 세계 남자들을 매료시키고도 남음이 있다.

그런데 그녀들이 선우라는 남자 한 명에게 집중되다 보니 이런 사달이 난 것이다.

선우가 그녀들을 미워할 이유가 없다.

그는 다만 한 여자만을 사랑하고 그녀와 죽을 때까지 행복하게 해로하고 싶을 뿐이다.

그리고 그가 진짜로 함께하고 싶은 여자는 마리였다.

그런데 어느 날 갑자기 선우가 마리로부터 뚝 떨어지는가 싶더니 이제는 너무 멀리 와버렸다.

마리에게 돌아갈 수나 있을까.

그렇다고 해서 미아나 소희를 마리하고 견줄 수는 없다.

뭐라고 설명하기는 어렵지만 미아와 소희, 마리를 다 사랑하고 있다.

아, 복잡하다.

"혜주야, 너는……."

그래, 또 혜주가 있다. 혜주는 미가녀지만 선우 마음속에는
미가녀가 아닌 여자로 자리를 잡았다.

"왜?"

혜주는 노트북을 두드리다가 선우를 힐끗 쳐다보았다.

"아냐."

선우는 고개를 가로저었다. 그는 혜주에게 미안한 마음이
들었지만 내색하지 않았다. 혜주 역시 아무 내색도 하지 않고
있지 않은가.

그런 걸 보면 혜주는 선우가 미아와 소희에 이어서 샤론 자
매까지 여자로 받아들이는 것에 대해서 조금도 질투 같은 걸
하지 않는 것 같았다.

그래서인지 혜주하고 있으면 그런 것에 신경을 쓰지 않으니
마음이 편했다.

"너 재신저에 들어오는 게 어때?"

선우의 말에 혜주는 노트북을 하던 손을 멈추고 그를 쳐다
보는데 약간 어이없다는 표정이다.

"진심으로 하는 말이야?"

"그래."

두 사람은 서로를 쳐다보았다.

"명령이야?"

"아냐, 부탁이야."

"싫어. 안 들어갈래."

부탁이라니까 혜주가 딱 잘라서 거절했다.

"왜 싫은데?"

혜주는 다시 노트북으로 시선을 주었다.

"명령이라면 비서로서 들어오라는 것일 테고 부탁이라면 재신저에 들어가서 삼촌 여자들 뒤치다꺼리나 교통정리를 해달라는 거잖아. 그런 거 취미 없어."

"그게 아냐."

"아니면 뭔데?"

혜주는 선우에게 시선조차 주지 않았다. 건성으로 말하는 그녀는 바늘구멍만큼도 틈을 보이지 않았다.

"너, 괜찮아?"

"뭐가?"

"질투 같은 거 없는 거야?"

선우는 노트북을 주시하고 있는 혜주의 눈초리가 가볍게 떨리는 것을 보았다.

"삼촌."

혜주는 냉정한 얼굴로 선우를 쳐다보았다.

"나는 미가녀로서 임신을 목적으로 삼촌하고 섹스를 했을 뿐이야. 그 이상도 이하도 아냐."

선우는 조용히 말했다.

"너, 날 사랑하잖아."

"내가 삼촌을?"

"그래."

"허어, 어쩌다가 그런 엄청난 오해를 하셨어?"

혜주는 어이없다는 표정이다.

"난 서른네 살이야. 삼촌하고 열 살 차이라고. 그런 말 어디 가서 하지 마. 나 욕먹어."

"열 살 차이가 무슨 상관이야? 서른네 살이면 젊잖아? 너 여자 아냐? 섹스해 보니까 미아, 소희하고 별 차이도 없었어. 아니, 네가 훨씬 더 무르익었어. 신음 소리는 걔네들보다 네가 더 지르더라."

혜주는 발끈했다.

"그만해!"

혜주가 선을 그었다.

"어쨌든 나는 삼촌을 남자로서 느끼는 감정이 하나도 없어."

선우는 답답한 마음에 혜주의 옆얼굴을 주시했다.

그녀의 깎은 듯이 매끄러운 한 폭의 그림 같은 옆얼굴이 시야에 가득 들어왔다.

탁!

선우는 손을 뻗어 노트북을 닫았다.

선우는 왜 그러느냐는 얼굴로 쳐다보는 혜주의 양쪽 어깨를 붙잡고 뒤로 쓰러뜨리면서 키스를 했다.

"읍……."

혜주는 깜짝 놀라서 본능적으로 선우를 힘껏 밀어내면서 세차게 도리질을 쳤다.

그러나 선우는 힘으로 찍어 누르면서 혜주의 입을 벌리고 혀를 빨아 당겼다.

"음……."

꼼짝할 수 없는 혜주는 주먹으로 선우의 가슴을 가볍게 두드리며 반항했다.

그러나 그런 반항은 곧 사라지고 눈을 감고 온몸을 선우에게 내맡겼다.

롤스로이스 팬텀 앞좌석과 뒷좌석 사이에는 방음 선팅 유리로 막혀 있기 때문에 운전을 하고 있는 부하는 뒤에서 무슨 일이 일어나고 있는지 전혀 모른다.

혜주는 반항할 수가 없었다.

매몰차게 말했지만 선우가 막상 힘으로 덮치자 그를 밀어내지 못하고 바동거리다가 정신이 육체에게 지고 말았다.

혀를 빨면서 그녀의 앞섶을 헤치고 상의 속으로 들어온 선우의 손이 가슴을 만져도 가만히 있었다.

"아아……."

혜주는 세차게 몸을 떨었다.

선우는 혜주를 찍어 누르고 있는 자세에서 그녀를 내려다
보며 말했다.

"혜주야."

혜주는 빨갛게 달아오른 얼굴로 눈을 반쯤 뜨고 그를 바라
보았다.

"응……."

"재신저에 들어와라."

혜주는 가만히 있다가 눈을 감았다.

"알았어."

선우는 혜주의 반항에 대해서 자신의 대답을 행동으로 보
여주었다.

혜주를 재신저에 들어오게 해야만 선우는 마음이 놓였다.

도저히 그녀를 방치해 놓을 수가 없었다.

그는 몸을 일으키고 나서 휴대폰을 꺼냈다.

종태가 보낸, 중국에서 북한 보위부에 체포된 여자와 의뢰
인에 대한 자료가 와 있었다.

선우가 자료를 살펴보는 동안 혜주는 천천히 일어나 조심스
럽게 팬티를 입었다.

선우는 자료를 읽고 나서 연변의 정필과 통화했다.

서울 테헤란로 리우빌딩 45층에 마현가의 핵심 인물들이 모여 있다.

긴 테이블 양쪽에는 정확하게 22명이 일인용 푹신한 의자에 서로 마주 보고 앉아 있다.

한쪽의 긴 테이블에 마주 보고 앉은 18명은 검은색 정장과 점퍼를 입었고, 그들이 앉아 있는 테이블 끝에서 2m쯤 떨어진 바닥에서 20㎝ 더 높은 곳의 테이블에는 네 명이 앉아 있는데 그들은 붉은 정장을 입고 있다.

붉은 정장이 검은 정장보다 지위가 높아 보였다.

붉은 정장 네 명이 앉아 있는 곳에서 두 계단 높은 곳의 일인용 커다란 의자가 상석이며 비어 있다.

이곳 실내는 직사각형으로 길쭉하며 끝에서 끝까지 30m 길이이고, 약 30여 명의 유니폼을 입은 젊고 아리따운 여자들이 사람들 뒤에 늘어서 있었다.

의자에 앉은 22명 전원 앞에는 똑같은 노트북이 펼쳐져 있고 모두들 그걸 들여다보거나 자판을 두드리고 있으며, 아래쪽 18명 중에서 한 명이 일어나 뭔가 보고 같은 것을 하고 있는 광경이다.

한 단계 높은 곳의 붉은 정장 네 명은 한국인 같은데 18명 중엔 서양인이 섞여 있으며, 지금 보고하는 사람은 한국어를 하는데 제법 능숙하지만 가끔 서툰 억양이 섞여 있는 것으로 봐서 외국인 같았다.

붉은 정장 중에는 국내 재계 3위인 천지그룹 총수 현부일의 모습이 보이며 그는 네 명 중에서 서열 4위다.

붉은 정장은 모두 현 씨 일족으로 마현가의 최고 핵심이며, 아래쪽 18명은 국내를 비롯한 아시아와 전 세계 각 지역의 책임자들인데 여기에서는 마스터라고 부른다.

이들 22명은 일 년에 한 차례 정기적으로 모이는데, 오늘까지 3일 동안 하루에 한 번 만나서 5시간 이상 회담을 계속하고 있으며 오늘이 마지막 날이다.

'엠파이어(Empire)'라는 다국적 그룹은 전 세계에 백여 개의 기업을 거느리고 있으며, 세계 기업 순위에서 5위를 차지하고 있을 정도로 엄청난 규모를 자랑하고 있다.

그 엠파이어가 바로 마현가의 것이다.

마현가는 산하에 크게 두 개의 조직을 거느리고 있으며, 그중 하나는 경제 조직인 엠파이어이고 또 다른 하나는 군사 조직인 통칭 '레미(Remy)'라고 부르는 붉은 군대 '레드아미(RedArmy)'이다.

마현가의 실질적인 힘은 레미에 있다. 경제 조직 엠파이어는 레미를 지탱하는 돈줄이다.

지금 이곳에 모인 18명 중에 엠파이어 책임자는 12명이며 검은 정장을 입었고, 검은 점퍼를 입은 단단한 모습의 인물

6명은 레미의 세계 각 지역 지휘관들이다.

이윽고 엠파이어 일본 책임자의 긴 보고가 끝났다.

레미의 6명 지휘관은 18명 중에서도 위쪽에 서로 마주 보고 6명씩 앉았다.

그것은 군사 조직 레미가 경제 조직 엠파이어보다 상위 클래스라는 뜻이다.

레미의 지휘관들은 지난 4일 동안의 회담에는 나오지 않고 마지막 날인 오늘에야 나왔다.

왜냐하면 오늘 마현가의 신이라고 불리는 신주가 왕림하기 때문이었다.

보고가 끝나자 사람들은 낮은 목소리로 두런두런 대화를 나누기 시작했다.

다들 짧게는 몇 년에서 길게는 수십 년 동안 같은 계열에 종사하면서 만나다 보니 서로 친하고 또 할 얘기가 많았다.

그때 누군가 묵직한 무엇으로 바닥을 가볍게 찍었다.

쿵! 쿵! 쿵!

"신주께서 오십니다."

그 말에 모두의 대화가 한순간 뚝 끊기며 모두들 일사불란하게 벌떡 일어섰다.

실내는 바늘이 떨어져도 크게 들릴 정도로 조용해졌으며, 모두의 시선이 상석 쪽 문으로 향했다.

척!

이윽고 문이 열리고 두 사람이 차례로 들어섰다.

앞선 남자는 30대 초반의 청년이고 뒤따르는 여자는 20대 중반의 젊은 여자다.

실내의 모든 사람이 회색의 정장을 입은 청년을 향해 일제히 무릎을 꿇고 이마를 바닥에 대며 나직하게 외쳤다.

"신주를 뵈옵니다!"

청년 신주는 온화하게 미소 지으며 손을 들어 보였다.

"앉읍시다."

그러면서 그는 상석에 앉았고 스포티한 캐주얼 차림의 여자는 상석 뒤에 우뚝 섰다.

신주는 마현가의 적통일계(嫡統一系)이다.

참고로 두 번째 그룹인 붉은 정장의 인물들은 모두 마현가의 방계 혈족이다.

마현가의 적통은 상석의 신주와 그 뒤에 서 있는 신주의 여동생 둘뿐이다.

두 사람의 부모가 있지만 아버지는 투병 중이고 어머니는 남편을 돌보고 있다.

신주 현풍림이 실내의 사람들이 모두 자리에 앉기를 기다렸다가 입을 열었다.

"오늘 중대한 발표를 할 겁니다."

모두들 숨소리마저 멈추었다.

현풍림은 맑은 중간 음의 목소리로 말을 이었다.

"그전에 알고 싶은 게 있습니다."

모두의 시선을 집중받으면서 현풍림이 조용하게 말했다.

"신강가에 대한 소식은 없습니까?"

현풍림 바로 아래 테이블의 한 사람이 일어나 고개를 숙이며 공손하게 대답했다.

"없습니다."

그는 방계를 대표하는 네 명의 장로 중 서열 1위인 대숙이다.

참고로 마현가 적통일계는 서열을 매기지 않는다.

"사숙(四叔) 동생 두 명이 실종된 것은 어찌 됐습니까?"

넷째 장로인 현부일의 동생 현사임과 현장곤이 실종된 일은 사사로운 것인데도 신주 현풍림은 알고 있었다.

대숙은 슬쩍 현부일을 쳐다보고 고개를 끄떡였다.

현부일이 일어나 두 손을 앞에 모으고 고개를 숙이며 대답했다.

"아직 찾지 못했습니다."

"현사임 고모와 현장곤 숙부는 무슨 일을 하다가 실종된 것입니까?"

족보상으로 현사임과 현장곤은 신주 현풍림의 고모와 숙부이다.

"북한에서 골드핑거를 납치하러 온 권보영이라는 여자를 지원하고 있었습니다."

"권보영은 어떻게 됐습니까?"

"실종됐습니다."

"그렇다면 현사임 고모와 현장곤 숙부, 권보영이 함께 실종됐다고 봐야 하는군요."

"그렇게 판단하고 조사하는 중입니다."

"골드핑거에 대한 보고서는 읽어봤습니다. 여러모로 의심이 많이 가는 자더군요."

현풍림은 네 명의 장로를 내려다보았다.

"골드핑거에 대해서는 어느 분이 조사했습니까?"

일어서 있는 현부일이 대답했다.

"제가 했습니다."

"자료를 전부 보내주세요. 현총부(玄總府)에서 분석하고 재조사하겠습니다."

현부일은 움찔 몸을 떨었지만 공손히 대답했다.

"알겠습니다."

현풍림 뒤에 서 있는 여동생 현청하가 상석 쪽의 수행원에게 손짓을 보내자 수행원이 메인 컴퓨터를 작동하여 전방 벽면의 대형 TV에 영상을 띄웠다.

TV에는 세계지도가 나타났으며 정확하게 12개국이 붉게 표시되었다.

대한민국을 제외한 미국, 일본, 북한, 중국, 영국, 프랑스, 이탈리아, 스페인, 베트남, 미얀마, 필리핀, 호주가 붉게 칠해져 있었다.

"저들 12개국은 우리 천현가(天玄家)의 뜻에 동조하는 국가입니다."

스포그에서는 '마현가'라고 부르는데 정작 마현가에서는 자신들을 '천현가', 즉 '하늘의 현가'라고 부른다.

현풍림의 목소리가 가라앉았다.

"그런데 정작 우리 본바닥인 한국에서 정부를 장악하지 못했습니다."

사장로 중에서 한 명이 움찔하더니 고개를 깊이 숙였다. 그는 대통령 비서실장인 현도일이며 마현가의 세 번째, 삼장로의 신분이다.

"다음 대선까지는 2년이나 남았으니 기다릴 수가 없습니다. 어떻게든 현 정권에서 대통령을 우리 사람으로 만들어야 합니다."

"죄송합니다."

나이는 53세로 사장로 중에서 제일 어리지만 현 씨 방계 순위로 서열 3위인 현도일은 현풍림을 향해 깊숙이 고개를 조아리며 어쩔 줄 몰라 했다.

"도일 숙부님."

"말씀하십시오."

현풍림의 부름에 현도일이 일어나 깊숙이 허리를 굽혔다.

현풍림은 빙그레 사람 좋은 미소를 지었다.

"이제부터는 현총부에서 직접 대통령을 다루겠습니다."

"신주……."

현총부에서 직접 손을 쓰는 경우는 거의 없다. 그럴 때는 원래 그 일을 하던 사람은 문책을 당하고 현재 지위에서 물러나는 것이 지금까지의 관례였다.

조금 전 현풍림은 사장로 현부일이 조사하던 골드핑거에 관한 일을 현총부에서 맡겠다고 했으나 그건 그다지 큰일이 아닌 일개 조사이므로 현부일이 징계를 당하는 일은 없을 것이다.

"도일 숙부께선 염려하지 마세요. 별일 없을 겁니다. 그 일은 원래 어려웠습니다. 그리고 도일 숙부는 여태까지 청와대에서 일을 잘하셨습니다."

현풍림의 말에 현도일은 가슴을 쓸어내렸다.

현풍림은 천천히 실내를 둘러보고 나서 조용하지만 힘 있는 목소리로 말했다.

"디데이는 오는 10월 1일 국군의 날입니다."

실내 여기저기에서 나직한 탄성과 신음 소리가 흘러나왔다.

현풍림은 못을 박듯이 말했다.

"그전에 대통령을 우리 편으로 확실하게 만들어야 합니다. 그러지 못하면 디데이를 내년으로 미뤄야 합니다."

삼장로이자 비서실장 현도일은 고개를 들고 현풍림을 바라보았다.

"신주, 제가 한 번 더 대통령을 설득해 보겠습니다."

"무엄합니다."

그때 현풍림 뒤에 서 있는 현청하가 싸늘한 표정으로 현도일을 꾸짖었다.

신주가 결정한 일을 감히 번복하려 한다는 꾸짖음이다.

현도일은 납작하게 부복했다.

"잘못했습니다. 용서하십시오."

                    *   *   *

8월 27일, 선우는 신강사관에 들어간 지 딱 30일을 채우고 모든 과정을 수료했다.

그가 교장실에서 교장과 마주 앉아 커피를 마시고 있을 때 혜주와 오영민이 들어왔다. 두 사람은 신강사관의 연락을 받고 선우를 모시러 온 것이다.

교장이 혜주와 오영민을 보고 벌떡 일어섰다.

혜주는 민영가의 가주이고 오영민은 오위가의 직계 혈통 2대이며 동시에 오일정이라는 굉장한 신분이기 때문이다.

"주군, 수료를 축하드립니다."

"고맙다."

선우는 오영민에게 고개를 끄떡였다.

혜주는 선우 옆으로 다가가 그가 커피를 다 마신 것을 확인하고 말했다.

"삼촌, 지금 갈 거지?"

"조금 있다. 앉아라. 교장 선생님도 앉으세요."

혜주와 교장이 앉고 비서가 커피를 가져와 혜주 앞에 내려놓을 때 문이 열리고 한 청년이 들어왔다.

청년은 신강사관 생도 유니폼을 입고 있으며 긴장한 표정으로 실내를 두리번거렸다. 그는 자신이 교장실에 불려온 이유를 알지 못했다.

청년을 데려온 교직원이 인사를 하고 나가자 청년은 비로소 자신을 보며 미소 짓는 선우를 발견하고 화들짝 놀랐다.

"아!"

선우가 일어나 청년에게 다가갔다.

"나를 알겠습니까?"

청년은 얼굴 가득 반가운 표정을 떠올렸다.

"왜 당신을 모르겠습니까? 반갑습니다!"

청년은 다름 아닌 마리의 오빠 유승환이다.

선우가 개망나니 유승환을 반강제로 신강사관에 집어넣은 것이 엊그제 같은데 벌써 석 달이 지났다.

그 당시에 유승환은 말 그대로 인간쓰레기에 망종이었다.

선우는 신강사관 교장을 통해서 유승환이 그동안 얼마나 많이 변하고 배웠으며 발전했는지 들었다.

유승환은 팔대호신가의 혈족이 아니기 때문에 수료할 때까지 이곳에 있을 이유가 없었다. 그래서 이 정도에서 그에게 자유를 주려고 부른 것이다.

선우는 맞은편 교장 옆에 경직된 자세로 꼿꼿하게 앉아 있는 유승환을 보면서 물었다.

"어떻습니까?"

유승환이 두 손을 앞에 모으고 정중하게 대답했다.

"원통합니다."

"뭐가 말입니까?"

"쓰레기처럼 살아온 지난날이 원통합니다. 사람이 태어나 어떻게 살아야 한다는 것을 모르고 26년 동안 허송세월을, 아니, 가족과 타인에게 해만 입히고 살아왔습니다. 그 세월이 아깝고 후회스러워서 미치겠습니다."

유승환의 말과 표정에서 진심으로 뉘우치는 게 느껴졌다.

"지난날은 되돌릴 수가 없으니 앞으로 속죄하는 마음으로 살아가겠습니다."

선우는 마음이 훈훈했다.

"유승환 씨는 이제 신강사관을 나가셔도 됩니다."

"네?"

교장이 여비서가 건넨 서류를 유승환에게 주었다.

"이건 신강사관과 제휴를 한 회사에 유승환 씨를 취업시켜 줄 추천서입니다."

"아……."

유승환은 놀라고 또 감사한 표정을 지었다.

"유승환 씨가 교육을 받는 동안 취득한 두 개의 자격증을 십분 활용할 수 있는 곳이므로 별 어려움은 없을 것입니다."

유승환은 벌떡 일어나 추천장을 받으며 허리를 굽혔다.

"정말 감사합니다."

선우와 헤어진 유승환은 신강사관에서 내준 정장으로 말쑥하게 갈아입고 본관 건물 계단을 걸어 내려갔다.

교장이 준 추천서에는 이름만 대면 누구라도 알 수 있는 국내 굴지의 중공업 회사 이름이 적혀 있었다.

교장 말로는 추천서를 들고 그 회사에 가기만 하면 당장 취직하여 다닐 수 있다고 했다.

유승환은 그곳 선박 제조 부서에 취업할 예정이다.

그는 이 기쁜 소식을 그동안 고생만 시킨 아내에게 제일 먼저 알려주고 싶었다.

한때 명문 여고의 퀸이었으나 유승환을 만나 여고 2학년 때 임신하여 학교를 그만두고 딸을 낳아 키우면서 유승환에게 걸핏하면 손찌검을 당하여 눈물 마를 날 없이 살아온 불쌍한 아내 서정현이 어느 누구보다 보고 싶었다.

그리고 아빠의 사랑이라고는 받아본 적이 없는 어린 딸과 그 딸을 맡아서 키우고 있는 고생에 찌든 어머니.

하나뿐인 망나니 오빠 때문에 어려서부터 별별 시달림을 다 받았고 걸핏하면 돈을 뜯기며 살아온 여동생 마리.

유승환은 주먹을 꽉 움켜쥐었다.

이제부터는 오로지 가족만을 위해서 온몸이 가루가 되도록 헌신하겠다고 결심했다.

계단을 내려와 광장을 가로질러 걸어가던 유승환은 오른쪽에 줄지어 주차해 있는 승용차들 쪽에서 한 무리의 사람들이 걸어 나오는 모습을 무심코 쳐다보았다.

"……"

유승환은 움찔 놀라면서 그 자리에 멈추었다.

그를 쳐다보면서 걸어오고 있는 사람들은 아내와 어머니, 딸, 그리고 마리였다.

그는 후드득 세차게 몸을 떨었다.

그녀들이 가까이 다가올 때까지 유승환은 그 자리에서 꼼짝도 하지 못하고 서 있기만 했다.

아내 서정현이 앞서 다가오는데 유승환을 보면서 눈물을 펑펑 흘리고 있다.

그렇게 고생시키고 걸핏하면 두드려 맞고도 그녀는 석 달 만에 남편을 보는 거라고 정신없이 울고 있었다.

착해 빠진 여자. 유승환이 그녀였다면 이미 예전에 도망쳤을 것이다.

그녀 뒤에는 어머니와 다섯 살 난 딸 은수가 할머니 손을 꼭 잡은 채 따라오고 있는데 그녀들은 울지 않고 대신 얼굴에 긴장과 기대가 가득했다.

그 옆에 서 있는 마리는 굳은 표정이다. 개망나니 오빠가 사람이 됐을 거라고는 믿지 않기 때문에 표정이 굳어 있을 수밖에 없는 것이다.

만약 선우가 전화해서 가족들과 함께 신강사관에 가보라고 하지 않았으면 마리는 절대로 여기까지 오지 않았을 것이다.

그런데 오빠 유승환의 표정이 이상했다. 그 자리에 선 채 몸을 와들와들 떨면서 마치 소나기가 쏟아지듯 눈물을 흘리고 있지 않은가.

유승환 앞으로 다가온 서정현은 그의 눈물을 보고 이미 그가 새사람이 됐다는 사실을 알아차렸다.

"여보……"

유승환은 허물어지듯이 그 자리에 털썩 무릎을 꿇었다.

"정현아……."

"여보, 은수 아빠, 왜 그래? 일어나."

유승환은 닭똥 같은 눈물을 뚝뚝 흘리면서 서정현을 올려다보았다.

"여보, 그동안 내가 잘못했어. 용서해 줘. 내가 죽일 놈이었어, 크흐흑!"

서정현은 남편의 사죄만으로 이미 다 용서했다.

"은수 아빠, 나는 괜찮아."

유승환은 어머니를 올려다보았다.

"엄마, 나 때문에 속 많이 썩었지? 잘못했어. 이제부터는 정말 잘할게."

어머니는 뚝뚝 눈물을 흘리면서 손을 잡고 있던 은수의 등을 밀었다.

"은수야, 아빠야."

다섯 살의 은수가 쭈뼛거리면서 유승환에게 다가갔다.

제34장
악어의 눈물

　신강사관 본관 지하 주차장에서 나온 검은색의 롤스로이스 팬텀이 그 자리에 멈춰 있다.

　뒷좌석 오른쪽에 앉은 선우는 창을 통해서 저만치 유승환이 가족을 상봉하는 광경을 물끄러미 바라보았다.

　그리고 우두커니 서 있는 마리의 모습을 바라보았다.

　금침을 다 뽑아서 원래 타고난 능력을 완전하게 되찾은 선우의 시력은 예전보다 다섯 배 이상 좋아져 마리의 모습이 바로 앞에서 보는 것처럼 선명했다.

　마리는 예전보다 좀 마르고 수척해졌다. 그녀는 유승환이 딸 은수를 품에 안고 있는 모습을 눈물이 글썽해서 바라보고 있었다.

선우는 며칠 전 마리 소속사 HMS 대표 하명수와 통화했는데 그의 말에 의하면 마리는 보름 전에 성공적인 데뷔를·했다고 한다.

어린 걸 그룹하고는 달리 이미 준비된 싱어송라이터인 마리는 약간의 훈련만 받고 스태프 전체의 오케이 사인이 떨어지자마자 전격적으로 데뷔했다.

하명수는 연예계 대부이며 방송가에 막강한 파워를 행사하고 있으므로 마리를 어느 누구보다 화려하게 데뷔시킨 것은 두말할 필요가 없었다.

마리는 데뷔한 지 불과 보름 만에 국내 모든 음악 방송과 음원에서 수직 상승 하고 있다.

또한 그녀의 자작곡 '내가 사는 이유' 뮤직비디오는 유튜브에 올리자마자 전 세계적으로 돌풍을 일으키며 열흘 만에 일억 뷰를 거뜬하게 돌파했다.

옆에 앉은 혜주는 선우가 뚫어지게 주시하고 있는 사람이 마리라는 사실을 직감했다.

그것은 순전히 여자의 직감이다.

혜주는 마리를 부산 앞바다에 정박한 슈퍼 메가 요트 골드 핑거에서 한 번 본 적이 있다.

이윽고 선우는 마리에게서 시선을 거두었다.

"가자."

롤스로이스 팬텀이 미끄러지듯이 신강사관을 빠져나갔다.

선우는 시트에 몸을 묻으며 눈을 감았다.

마리의 모습이 망막에 새긴 것처럼 떠올랐다. 어쩐지 방금
본 그녀의 모습이 마지막 모습일 것 같은 느낌이 들었다.

신강사관을 출발한 후 선우는 줄곧 혜주의 보고를 받고 있
는 중이다.

혜주가 보고하는 주된 내용은 마현가의 회담 장소로 알려
진 테헤란로 리우빌딩 45층에 한 달 전쯤에 꽤 많은 쟁쟁한
인물들이 모였으며, 이후에도 며칠 건너 한 번씩 회합이 이루
어지고 있다는 사실이다.

혜주는 그곳에 모인 인물들의 사진을 수백 장 저장한 USB를
노트북에 꽂아 선우에게 보여주었다.

간추린 인물은 45명이고 한 명당 여러 각도에서 대여섯 장
씩 찍은 사진과 어떤 인물은 동영상도 있었다.

"스포그 커맨드 분석 팀에서 내린 결론이야."

혜주는 운전석과 조수석 사이에 마련된 모니터를 터치하면
서 설명했다.

"총 45명 중에서 이들이 중요 인물로 선별된 24명이야."

모니터에 천지그룹 회장 현부일의 모습과 그 아래 자막으로 그에 대한 설명이 나타났다.

그다음으로 쟁쟁한 인물들이 줄지어서 나오다가 대통령 비서실장 현도일의 모습이 나왔다.

선우는 슬쩍 미간을 좁혔다.

"대통령 비서실장?"

"마현가의 중요 인물인 것 같았어."

"음, 외국인이 꽤 있는데?"

"우리 분석 팀에서는 그들이 마현가 휘하 세계 조직 책임자들이라는 결론을 내놨어."

혜주는 모니터를 터치하여 외국인만 화면에 차례로 띄웠다.

"이 인물들은 세계 경제계의 내로라하는 거물들이야."

이번에는 점퍼를 입은 외국인들이 화면에 나타났다.

"이자는 미국 육군 특수부대 사령관 리버티 쿡스야. 그리고 이자는 영국 특수부대 SAS 사령관 데이빗 스털링, 그리고 이자는 프랑스 외인부대 사령관 쟈크 슐랑, 이자는 일본 육상 자위대 막료장 가와바다 히카리야."

혜주는 선우를 쳐다보았다.

"마현가는 전 세계에 경제계와 군사적인 세력을 상당히 확보한 것 같아."

"그들이 왜 서울에 모였는지는 알아내지 못했어?"

"그것까지는 알아내지 못했어. 그걸 알아내려면 핵심 인물 24명 중에 하나를 제압해서 고문이라도 해야 할 거야."

혜주는 고개를 흔들었다.

"리우빌딩은 경비가 너무 삼엄해서 잠입하기가 불가능해. 특히 위층으로 올라갈수록 경비가 심해."

"음, 납치를 해야 한다면 해야지."

혜주는 깜짝 놀랐다.

"이들 중의 한 명을 제압하자는 거야?"

선우는 고개를 끄떡였다.

"그래. 이왕이면 24명 중에서도 우두머리급으로 골라서 잡아들이자고."

혜주는 선우가 농담하는 게 아니라는 걸 깨달았다.

"누가 좋겠어?"

선우는 생각할 것도 없다는 듯 말했다.

"현도일."

"대통령 비서실장을?"

"그 정도는 돼야 굵직한 정보가 나오지 않겠어?"

현부일 동생인 현사임과 현장곤에게서 꽤 많은 정보를 얻었지만 알맹이는 아니었다.

혜주는 살짝 눈살을 찌푸렸다.

"꼭 그래야만 할까? 현도일을 납치해서 신문한 다음에는 어떻게 할 거야? 그자를 죽이거나 감금한다면 마현가에서 의심할 텐데 말이야."

대통령 비서실장 현도일이 실종된다면 마현가뿐만 아니라 청와대를 비롯하여 대한민국이 발칵 뒤집힐 것이다.

"납치까지 할 필요는 없어. 그를 나한테 데려왔다가 다시 원위치에 되돌려 놓으면 돼."

혜주는 의아한 표정을 지었다.

"그러면 그자가 가만히 있겠어? 즉각 마현가 지휘부에 알려서 조치를 취할 거야. 그 일 때문에 마현가가 신강가의 존재를 알게 될지도 몰라."

혜주는 고개를 가로저었다.

"좋지 않은 방법이야."

"괜찮아. 현도일은 자신이 납치돼서 무슨 일을 당했는지 전혀 모르게 될 거야."

혜주는 깜짝 놀랐다.

"어떻게 그럴 수가 있지?"

"내가 최면을 걸 거야."

혜주는 피식 웃었다.

"최면? 삼촌, 그런 거 할 줄 알아?"

"그래."

혜주는 못 미더운 표정을 지었다.

"나는 최면 같은 거 믿지 않아."

혜주는 움찔하며 가볍게 놀랐다.

잠깐 딴생각을 한 것 같은데 이상하게 눈이 촉촉해서 만져 보니 눈물을 흘리고 있었기 때문이다.

혜주는 눈물을 닦으면서 선우를 쳐다보았다.

그는 TV 모니터를 터치하면서 혜주가 보고한 마현가 인물 들을 살펴보고 있는 중이다.

혜주는 선우와 최면에 대해서 얘기하고 있었는데 갑자기 눈물을 흘리고 있으며 선우는 모니터를 보고 있다.

'뭐지?'

두 사람이 대화를 마치고 나서 선우는 모니터를 보기 시작 했고 혜주는 잠깐 뭔가 생각하고 있었을 수도 있다.

그런데 선우하고 어떻게 대화를 끝마쳤으며 자신이 무슨 생각을 하고 있었는지 전혀 기억나지 않았다.

문득 혜주는 조금 전에 자신이 선우에게 마지막으로 한 말 이 기억났다.

"나는 최면 같은 거 믿지 않아."

순간 그녀는 선우를 보면서 차가운 표정을 지었다.

"삼촌, 나한테 최면 걸었어?"

"응."

혜주는 속이 엉망진창인 데 반해서 선우는 너무도 태연하게 대답했다.

혜주는 어이없다는 표정을 지었다.

"어떻게 그런 짓을 할 수 있지?"

선우는 모니터에 시선을 고정한 채 태연하게 대답했다.

"최면 같은 거 믿지 않는다면서 왜 그래?"

"……."

혜주가 최면을 믿지 않는다고 했으니 설혹 선우가 그녀에게 최면을 걸었더라도 기분 나쁘지 않아야 하는데 현실은 그렇지 않았다.

그녀는 선우가 자신에게 최면을 걸어서 뭔가를 알아냈다고 생각했다.

그녀의 정신이 잠깐 외출을 했고 기억이 끊긴 것을 보면 최면이 걸린 게 분명했다.

"뭘 알아낸 거야?"

"최면 믿지 않는다면서?"

"믿을게. 말해줘. 내가 무슨 말을 했지?"

슥—

선우는 말없이 팔을 뻗어 혜주의 어깨를 감싸더니 자신 쪽으로 끌어당겨 안았다.

"알려고 하지 마."

"안 돼. 말해줘."

혜주는 선우의 팔 힘에 의해 그의 가슴에 뺨을 묻고 단호하게 중얼거렸다.

"말해주지 않으면 나 마음에 상처 입을 거야."

"엄마 얘기 했어."

"……."

혜주는 움찔 놀랐다.

그녀가 엄마 얘기를 했다면 당연히 한 가지 사건에 대해서이다.

최면 상태에서 뭔가를 말했다면 가슴속에 단단한 응어리로 맺혀 있는 그 얘기가 제일 먼저 튀어나왔을 것이 분명했다.

혜주가 열네 살 때 연변의 어느 호텔 객실에서 엄마와 둘이 벌거벗겨진 채 침대에 나란히 눕혀져 연변 조폭 흑사파 놈들에게 강간을 당한 끔찍한 과거이다.

그때 검은 천사 정필이 문을 부수고 들어와 흑사파 놈들을 모두 권총으로 쏴 죽이거나 칼과 주먹으로 때려죽이고 혜주와 엄마를 구해주었다.

그 일은 혜주의 치부이며 아킬레스건이다. 그때 이후로 20년이라는 긴 세월이 흘렀지만 아직까지 그 일을 아무에게도 애기한 적이 없으며, 세월이 흐를수록 그 상처가 더 깊고 생생하게 그녀의 가슴에 새겨져 있다.

엄마는 그것 때문에 결국 스스로 목숨을 끊는 방법으로 과거의 형벌에서 해방되었다.

열네 살의 어리고 인형처럼 예쁘던 혜주는 오로지 엄마만 믿고 엄동설한에 두만강을 건너 연변으로 아버지를 찾으러 왔다가 두만강에서 인신매매를 당할 뻔했는데 정필에 의해 목숨을 건졌다.

그러나 하늘처럼 믿고 있던 엄마도 사실은 아무것도 모르는 철부지였다.

북한 고위 간부이던 아버지 덕분에 평양에서 호의호식하면서 귀부인으로 살던 엄마는 알고 보면 혜주만큼이나 철이 없었던 것이다.

엄마는 어린 딸을 지키지 못했다는 자책과 딸과 함께 윤간을 당했다는 치욕적인 상처를 끝내 극복하지 못하고 극단적인 선택을 했다.

이후 혜주는 정필에 의해서 거두어졌으며, 그의 양녀가 되어 최고의 교육을 받으며 살았다.

분명 혜주는 최면 상태에서 그걸 선우에게 미주알고주알 애기했을 것이다. 죽을 때까지 아무에게도 말하고 싶지 않은 최악의 치부를 말이다.

혜주는 선우 품에서 벗어나려고 했으나 그가 그녀를 안은 팔에 힘을 주었기에 꼼짝할 수가 없었다.

선우가 이렇게 그녀를 꼭 안고 위로하려고 하는 걸 보면 혜주가 그 얘기를 한 게 틀림없다.

"이거 놔!"

혜주는 몸부림치며 차갑게 말했다.

그래도 선우는 팔의 힘을 풀지 않고 오히려 그녀의 뺨을 부드럽게 쓰다듬었다.

"가만히 있어."

"삼촌, 나 화낸다?"

"화내."

"……."

선우는 혜주를 놔줄 수가 없었다. 최면 중에 그녀가 자신과 엄마의 뼈아픈 과거에 대해서 말했기 때문이 아니다.

혜주는 설명을 끝마친 후에 흐느껴 울면서 말했다.

"이제 세상천지에 내가 믿을 사람은 삼촌밖에 없어. 나, 죽도록 삼촌을 사랑해. 제발 날 버리지 말고 끝까지 책임져 줘. 삼촌은 날 강간한 게 아니라는 걸 믿게 해줘."

선우는 혜주에게 최면을 걸기를 잘했다고 생각했다.

이 세상에 사연 없는 사람이 누가 있겠느냐마는 혜주의 사연을 들으니 자신이 앞으로 그녀를 어떻게 대해야 할지 분명해졌다.

마리는 고속도로 휴게소에 들렀다.

소속사에서 사준 국산 중형 승용차를 신강사관에 갈 때는 마리가 운전했지만 서울로 돌아갈 때는 오빠 유승환이 운전하고 있는 중이다.

화장실에서 나와 오빠 부부와 엄마는 은수를 데리고 주전부리할 것을 사러 휴게소에 들어갔고 마리는 혼자 산책하듯이 주변을 거닐었다.

어깨에 메어져 있는 샤넬 파우치 백이 그녀가 걸을 때마다 달랑거리면서 움직였다.

그녀는 먼 곳을 보면서 천천히 걸어가는데 언제나 그랬듯이 저 먼 곳에 선우가 미소를 짓고 서 있는 것만 같았다.

그녀는 마지막으로 선우와 만난 이후 자신이 선우를 몹시 사랑하고 있다는 사실을 깨달았다.

선우가 파라다이스맨션에 살면서 그녀와 자주 마주칠 때는 그걸 몰랐다.

그런데 그가 파라다이스맨션에 발길을 끊고 통 볼 수가 없게 되자 그가 보고 싶다는 생각이 파도처럼 엄습했으며, 그

생각이 마치 화분의 식물처럼 매일매일 무럭무럭 자라나더니
어느 날부터는 그를 향한 그리움에 사무치게 만들었다.

두어 달 전 마리는 소속사 대표 하명수와 스태프들과 함께
부산 해운대에 잠시 쉬러 갔다가 뜻밖에도 거기에서 우연히
선우를 만났다.

그때 마리 일행은 선우 덕분에 세계 제일의 부자 K.Sun의 슈
퍼 메가 요트 '골드핑거'에 직접 오를 수 있는 행운을 얻었다.

그리고 그 요트에서 마리와 선우는 서로에게 남친이고 여친
이라는 사실을 고백하고 또 확인했다.

선우에 대한 마리의 사랑이 부쩍 무르익기 시작한 시기가
바로 그때부터였을 것이다.

하지만 마리는 그때 이후 선우를 한 번도 만나지 못했다.

마리는 데뷔 때문에 바쁜 와중에도 혹시나 선우를 만날 수
있지 않을까 하는 작은 바람으로 매일 한남동 파라다이스맨
션에서 출퇴근을 강행했다.

그렇지만 선우는 그때 이후 파라다이스맨션에 오지 않았으
며 전화도 하지 않았다.

'선우 씨한테 무슨 일이 생긴 걸까?'

마리는 선우를 만나지 못하게 되자 그런 불길한 생각마저
들었다.

그런데도 마리는 아직껏 선우에게 전화를 하지 않았다.

부산에서 서로의 남친이고 여친이라는 사실을 말로만 확인했을 뿐 이후 두 사람 사이는 거기에서 멈춰 버렸다.

남친, 여친이면 자주 만나서 둘 사이에 뭔가 진전이 있어야 하는데 그러질 못하니 더 어색해지는 것 같았다.

그래서 전화를 못 했다. 왠지 선우에게 매달리는 것 같고 그를 귀찮게 하는 듯한 기분이 들어서였다.

그런데 오늘 뜻밖에도 선우에게서 전화가 왔다.

강원도 고려사관에 엄마, 올케, 조카를 데리고 유승환을 데리러 가라는 내용이었다.

마리는 선우에게 하고 싶은 말이 산처럼 많았지만 선우는 그 말만 하고 전화를 끊었다.

아니, 그가 '잘 지내고 있죠?'라고 물어서 마리는 '네'라고 짧게 대답한 게 전부이다.

선우가 전화를 끊은 후 마리는 자신의 소극적인 태도에 화가 나서 죽을 뻔했다.

어째서 그가 먼저 무슨 말을 해주기를 기다리고 자신은 한마디도 제대로 못 했는지 정말 바보 같았다.

마리는 휴게소 끝 주유소까지 걸어갔다가 발길을 돌려 다시 걸어오면서 입술을 깨물고는 휴대폰을 꺼냈다.

이렇게 새카맣게 속만 태울 게 아니라 선우에게 직접 전화를 해보려는 것이다.

마리는 근 두어 달 동안 한 번도 걸어본 적이 없지만 단축키 1번을 선우로 정해놓았다.

그녀는 단축키 1번을 누르고 두근거리는 마음을 억누르면서 휴대폰을 귀에 갖다 대다가 갑자기 동작을 멈추었다.

저만치 오른쪽 주차장에 선우의 모습이 보였기 때문이다.

잘못 본 게 아니라 분명히 선우였다. 저렇게 키가 크고 훤칠한 미남이며 마리의 시선을 단번에 사로잡는 사람은 이 세상에 선우뿐이다.

차 사이를 지나가고 있는 선우가 휴대폰을 귀에 대고 있는 모습이 똑똑하게 보였다. 마리의 전화를 받고 있을 것이다.

—여보세요. 마리 씨?

마리는 반가움을 느끼는 대신 화들짝 놀라서 급히 휴대폰을 꺼버렸다.

이토록 가까운 곳에서 선우를 발견했으면 반가워서 한달음에 달려가야 하는데 어째서 다급히 휴대폰을 꺼버렸을까?

선우 옆에 한 여자가 서 있고, 그 여자가 누군지 마리는 한눈에 알아보았기 때문이었다.

그때 해운대에서 하명수의 요트에서 놀고 있을 때 선우를 데리러 슈퍼 메가 요트에서 나온 보트에 타고 있던 여자이다.

선우를 삼촌이라고 불렀으며 너무도 아름다워서 모두의 넋을 한동안 송두리째 뺏은 여인.

어느 누구라도 한 번 보면 죽을 때까지 잊지 못할 아름다움의 소유자이거늘 마리라고 잊을 수 있을까.

그때 그녀는 선우를 삼촌이라 하고 선우는 그녀를 조카라고 소개했다.

그렇다면 두 사람을 숙질간으로 이해해야 하는데 어째서 그들 월등한 남녀의 조합이 절대 숙질간으로 보이지 않는 것인지 모를 일이다.

지금 마리는 그녀를 조카라고 소개한 선우의 말을 믿고 그냥 반가움만 지닌 채 그에게 달려가면 될 일인데 뭐가 그리 두렵고 무서운지 화들짝 놀라서 휴대폰을 꺼버렸다.

그러고는 서둘러 근처의 기둥 뒤에 숨기까지 했다.

어쩌면 선우와 여자가 삼촌과 조카 사이 같지 않게 찰싹 달라붙어 있는 모습을 봤기 때문인지도 모른다.

선우가 팔로 여자의 어깨를 안았으며, 여자는 팔을 선우의 허리에 두른 채 하나인 양 꼭 붙어서 걸어가고 있었다.

주위의 많은 사람이 선우와 여자를 눈부신 듯이 바라보고 있었다.

저들 중에 선우와 여자를 삼촌과 조카 관계라고 보는 사람은 아무도 없을 것이다.

저렇게 연인처럼 다정한 숙질간을 마리는 한 번도 본 적이 없으며 들은 적도 없다.

그리고 여자가 선우보다 몇 살 더 많아 보였다. 나이 많은 조카는 그렇게 흔하지 않다.

마리는 지금이라도 이대로 달려가 '선우 씨!'라고 부르며 반갑게 알은척을 하면 이상한 오해 같은 것은 씻은 듯이 사라질지 모른다고 생각했다.

그러면서도 어려서부터 무슨 한 권의 케케묵은 역사책처럼 켜켜이 쌓여 버린 해묵은 피해 의식 같은 것이 발동하여 마리는 끝내 선우에게 달려가지 못했다.

두 사람은 마리가 태어나서 한 번도 본 적이 없는 아주 근사한 차의 뒷문을 열고 타더니 스르르 미끄러지듯이 주차장을 빠져나갔다.

마리는 패배자 같은 쓰린 심정을 부여안고 선우와 그 여자가 탄 멋진 차가 저 멀리 주유소를 지나 고속도로로 진입하는 것을 한없이 바라보기만 했다.

그때 갑자기 휴대폰이 울려서 마리는 화들짝 놀랐다.

"아!"

휴대폰에 남친이라고 떠 있다. 부산 해운대에서 서로의 남친, 여친이 되자고 한 날 마리는 휴대폰의 선우 씨를 남친으로 고쳤다.

휴대폰은 계속 울렸지만 마리는 뚫어지게 작은 액정을 쏘아볼 뿐 받지 않았다.

"저기요."

그때 어떤 여자가 마리에게 조심스럽게 말을 걸었다.

"혹시 유마리 씨 아니세요?"

마리는 갑자기 겁이 덜컥 났다.

"그, 그런데요?"

그러자 그 여자와 주위에 있던 사람들이 갑자기 환호성을
질러댔다.

"꺄악! 내 말이 맞잖아! 유마리 씨야!"

"와아! 이런 데서 유마리 씨를 만나다니!"

마리는 얼떨떨했다.

마리의 주위로 사람들이 벌 떼처럼 모여들었다.

"저 유마리 씨 팬이에요!"

"유마리 씨 노래 '내가 사는 이유' 너무 좋아요!"

마리는 난생처음 팬이라는 무리에 둘러싸였다.

그렇지만 조금도 기쁜 마음이 들지 않았다.

*   *   *

선우 최측근 재신팔정 중에 서열 3위인 유도가의 유일정이
오일정 오영민에게 전화를 했다.

유일정과 잠시 통화를 하던 오영민이 선우에게 보고했다.

"주군, 유일정 유기천인데 현도일이 자기보다 더 높은 사람을 만나고 있다는 보고입니다."

유일정인 유기천은 세 시간 전에 부하 세 명을 데리고 현도일을 납치하러 갔다.

오늘은 휴일이라서 현도일을 집에서 납치하려고 했는데 갑자기 그가 외출해서 미행을 한 것이다.

"어디에서 누굴 만나고 있는 건가?"

"여의도의 중식당이라고 합니다. 세 사람이며 현도일과 현부일, 그리고 젊은 여자인데 현도일과 현부일이 그 여자에게 몹시 공손하다고 합니다."

현도일이나 현부일 중에 어느 한 명이 그 여자를 만나서 공손한 태도를 보였다면 접대 차원에서 그럴 수도 있다지만 두 명이 똑같이 공손하다면 젊은 여자가 마현가 내부 인물일 가능성이 컸다.

마현가의 비밀 집회 장소인 리우빌딩에 모인 인물들의 사진과 동영상을 분석한 스포그 커맨드에서는 최종적으로 24명을 추려냈으며, 그중에서도 현도일과 현부일을 우두머리급으로 분류했다.

그런 두 사람이 깍듯하게 공손한 태도를 보이는 여자라면 마현가의 최고 지도부일 가능성이 높았다.

그녀가 마현가의 가주, 즉 신주는 아니더라도 신주의 최측근이거나 직계 혈족일 수도 있었다.

오영민은 유기천의 전화를 끊지 않은 채 선우의 대답을 기다리고 있다.

이윽고 선우는 고개를 끄떡였다.

"둘을 잡자."

혜주가 재빨리 물었다.

"누구하고 누굴?"

"현도일하고 젊은 여자."

유기천과 부하들은 현도일을 납치하러 가고 선우는 젊은 여자를 미행하고 있는 중이다.

유기천이 현도일을 납치하는 일은 어렵지 않을 것이다.

현도일, 현부일과 헤어진 젊은 여자는 거리로 나와 인도를 걸어가기 시작했다.

선우는 혜주와 오영민을 차에서 기다리게 하고 혼자 젊은 여자를 20m쯤 뒤에서 따라갔다.

선우는 조금 전에 어느 건물 중식당이 있는 이 층 현관 앞에 숨어서 현도일, 현부일이 젊은 여자와 헤어지는 장면을 지켜보았다.

현도일과 현부일은 티를 내지 않으려고 애쓰면서도 은연중에 젊은 여자에게 공손한 태도를 보였다.

그리고 그녀가 계단으로 걸어갈 때 두 사람은 그녀를 향해서 고개를 숙였다.

그녀가 뒷모습을 보이고 있는데도 불구하고 대통령 비서실장인 현도일과 천지그룹 총수인 현부일이 고개를 숙였다는 사실은 과연 무엇을 의미하는가.

밤의 여의도 번화가는 사람들이 꽤 많이 왕래하고 있어서 선우는 여자를 미행하는 데 어려움이 없었다.

여자는 뜻밖에도 캐주얼 차림이다. 몸에 붙는 티셔츠에 스키니 청바지를 입은 모습이다.

키는 165㎝ 정도이며 군더더기 없는 미끈한 몸매에 드러난 두 팔과 다리는 구릿빛으로 건강미가 넘쳤다.

선우는 스포그 잠입 팀이 마현가 비밀 집회 장소인 리우빌딩에서 촬영한 수백 장의 사진과 동영상 중에서 저 여자의 모습은 보지 못했다.

그렇다면 저 여자는 리우빌딩에 오지 않았든가 아니면 왔더라도 사진에 찍히지 않았다는 얘기가 된다.

선우는 현도일과 현부일이 공손할 정도의 여자에게 경호원이 한 명도 없다는 사실을 조금 이상하게 여겼다.

주위를 세밀하게 살펴봤지만 여자에게 경호원이 없는 것은 분명했다.

더구나 여자는 차를 타지도 않고 평범한 사람들처럼 거리를 걸어가고 있다.

그때 여자가 갑자기 차도로 뛰어들더니 4차선 도로를 달려서 무단횡단하기 시작했다.

선우로선 전혀 예상하지 못한 전개이다.

차들이 빠른 속도로 달렸지만 여자는 요리조리 피해서 순식간에 도로를 건너가 반대편 인도에 올라섰다.

여자가 왜 갑자기 무단횡단을 했는지 모를 일이다. 어쩌면 미행을 당하고 있다는 것을 눈치챘을 수도 있지만 선우는 미행에는 일가견이 있기에 그럴 가능성은 적다고 생각했다.

그런데 만약 지금 선우가 무단횡단을 하면 여자 눈에 띄기 십상이고 그건 자신이 미행을 하고 있다는 사실을 여자에게 알려주는 꼴이 되고 말 것이다.

조금 망설이던 선우는 인도 가장자리로 걸으면서 여자에게서 시선을 떼지 않았다.

다행히 여자는 뒤돌아보지 않고 앞만 보면서 걸어갔다.

선우는 기회를 보아 차도로 뛰어들어 맞은편 인도로 달렸다.

그런데 선우가 차도를 건너서 인도에 올라섰을 때 여자의 모습이 보이지 않았다.

선우는 일순 당황했다. 그가 달리는 차들을 피해서 건너느라 여자에게서 시선을 뗀 시간은 길어야 1초도 되지 않는데 그사이에 여자가 사라진 것이다.

여자가 갑자기 사라졌다는 것은 미행당하고 있다는 사실을 눈치챘다는 뜻이다.

그렇지만 1초 사이에 차를 타고 사라졌을 리는 없다.

선우는 재빨리 인도 좌우를 살폈지만 여자의 모습은 어디에서도 보이지 않았다.

그렇다면 한 군데뿐이다. 인도 바깥, 즉 강 쪽 비탈길로 내려갔을 것이다.

선우는 급히 인도 가장자리로 뛰어가 강 쪽을 살펴보았다.

가파른 비탈에는 잡목이 빽빽하게 자라 있어서 아래쪽이 보이지 않았다.

선우는 잡목들을 뚫고 비탈을 빠르게 내려갔다.

비탈 아래에는 여의도와 영등포 사이에 있는 샛강으로 산책로가 조성되어 있고 드문드문 가로등이 켜져 있다.

선우는 강 본류 쪽 100m쯤 되는 지점에 누군가 뛰어가고 있는 모습을 발견하고 시력을 집중하여 주시했다.

어두운 밤이고 거리가 100m나 되지만 선우에겐 전혀 문제가 되지 않았다.

조금 전에 거리의 인도 위에서 사라진 여자가 산책로를 달려가고 있었다.

여자가 사라진 것을 깨달은 선우가 여기까지 오는 데 5초

정도 지났을 것이다.

불과 5초 동안 여자는 100m, 아니, 인도에서부터 치면 150m가 넘는 거리는 달린 것이다.

더구나 선우가 쳐다보고 있는 사이에 여자는 20m쯤 더 달려가고 있었다.

'마고수(魔高手)다.'

선우는 젊은 여자가 마현가의 최고위급 신분이며 마고수라는 것을 깨달았다.

그녀가 어째서 경호원을 데리고 다니지 않는지 이제야 알 수 있었다.

선우가 상대한 현사임과 현장곤은 마고수가 아니었다. 예로부터 마가의 최고위급을 마고수라고 불렀다. 그 아래는 마전사(魔戰士)와 마졸(魔卒)로 불린다.

물론 그런 명칭은 신강가에서 붙여준 것이다.

지금 마고수를 보니 현사임과 현장곤은 마전사였다는 것을 알 수 있었다.

탓!

선우는 여자를 향해 달리기 시작했다.

여자가 아무리 빠르다고 해도 선우가 달리기 시작하면 몇 초 안에 따라잡을 수 있다.

여자가 방향을 틀어 산책로를 벗어나고 있다.

몇 초 후 선우가 여자와의 거리를 30m로 좁혔을 때 그녀가
달리는 것을 멈추었다.

여자는 농구대가 있는 넓은 농구장에 멈춰서 천천히 몸을
돌려 선우를 쳐다보았다.

선우가 여자를 따라잡은 게 아니라 그녀가 적당한 장소를
잡아 그를 기다린 것이었다.

여자는 처음부터 미행을 알고 있었다. 그래서 차도를 건너
이곳까지 선우를 유인했다.

더구나 숨어서 급습하지 않고 야외 농구장의 흐릿한 가로
등 아래 당당하게 서서 모습을 드러내 놓고 있다.

그만큼 자신이 있다는 뜻이다. 사람이 많은 곳에서는 성가
시기에 한적한 곳으로 유인해서 볼일을 보자는 것인데 이런
건 능력자들이나 하는 행동이다.

미행하고 또 부리나케 뒤쫓은 선우는 한 방 얻어맞은 기분
이 들어 속도를 줄여 여자에게 다가갔다.

여자는 선우가 걸어와 자신의 5m 앞에 멈출 때까지 느긋하
게 기다렸다.

사실 여자는 마현가의 이인자인 현청하지만 선우로선 알
리가 없다.

현청하는 선우를 보더니 전혀 놀라지 않은 얼굴로 말문을
열었다.

"너, 골드핑거로군?"

그녀는 골드핑거에 대해서 이미 충분하게 숙지한 상태라서 한눈에 선우를 알아보았다.

선우는 조금 놀랐다. 골드핑거가 그의 실제 신분은 아니지만 그를 보자마자 골드핑거라고 간파한 사람은 여태껏 한 명도 없었다.

이제는 선우가 골드핑거라는 사실은 그다지 비밀이 아니었다. 대한민국 정부에서 북한으로 보내려고 한 북한 군수 담당 책임비서 장병호를 선우가 구해서 미국에 넘긴 일을 계기로 그의 골드핑거라는 닉네임이 표면으로 드러났다.

이제 마현가와 북한에서는 웬만한 인물이라면 골드핑거에 대해서, 그리고 그의 얼굴을 알고 있을 것이다.

그러니까 마현가 사람이라고 추측되는 이 여자가 선우를 한눈에 알아봤다고 해도 놀랄 일은 아니다.

선우는 아무 말도 하지 않고 여자를 쳐다보았다. 이럴 때는 가만히 있으면 상대가 답답해서 말을 많이 하는 법이다.

현청하는 선우가 자신이 알고 있는 것보다 키가 크고 한 번 보면 시선이 거두어지지 않을 정도로 잘생겼다는 사실에 적잖이 놀라는 모습이다.

"골드핑거가 어째서 날 미행하는 거지?"

선우는 길거리에서 마주쳤으면 그저 예쁘다고 느낄 정도의 현청하를 물끄러미 바라보기만 했다.

그녀는 예쁘다는 것 말고도 매우 청순하고 선하게 보였다. 외모만으로는 마현가의 최고위급이라고 믿어지지 않았다.

선우는 사람의 천성과 성격을 꿰뚫는 심미안(審美眼)이 놀랍게 발달했는데 그것에 의하면 이 여자는 절대로 악인이 될 수가 없었다.

"누군가 날 미행하라고 의뢰한 것이냐?"

선우가 계속 침묵을 지키는데도 현청하는 화를 내지 않았다.

"내가 누군지 알고 미행하는 것이냐?"

그녀는 선우가 침묵하는 이유가 자신이 반박의 여지없이 콕콕 집어서 묻기 때문이라고 생각하는 것 같았다.

선우는 이 자리에서는 자신이 골드핑거처럼 보일 필요가 있다고 판단했다.

그렇다고 해서 쓸데없는 말을 나불거릴 필요는 없었다. 지금 딱히 할 말도 없거니와 원래 이런 직업을 갖고 있는 사람들은 침묵을 덕목으로 여기는 법이다.

현청하는 고개를 가볍게 끄떡였다.

"직업윤리에 충실하겠다는 거로군. 좋아, 그렇다면 내가 너의 입이 열리도록 해주지."

그녀의 말끝은 선우의 1m 앞에서 들렸다. 말을 하면서 순식간에 선우 앞으로 다가선 것이다.

현청하는 다가서면서 마치 잃어버린 자기 물건을 가져가는 것처럼 자연스럽게 손을 뻗어 선우의 어깨를 잡았다.

팟!

그렇지만 현청하의 손은 허공을 움켜잡았다.

선우는 어느새 5m 뒤로 물러나 있었다.

현청하는 방금 동작에 전력을 다하지 않았다. 전력의 일 할 정도 발휘했는데 선우가 빠져나가자 '어쭈?' 하며 재미있다는 표정을 지었다.

그녀는 가볍게 고개를 끄떡였다.

"그 정도 재주가 있으니까 장병호를 빼돌리고 북한 암살조를 작살냈겠지? 응? 그렇지 않으냐?"

슉—

현청하는 이번에도 말을 하면서 선우에게 슬쩍 상체를 기울이는가 싶더니 어느새 코앞까지 접근해 손을 펴서 손끝으로 그의 가슴을 찔러 왔다.

현청하는 이번에 전력의 이 할을 사용했으며, 이 정도면 손끝으로 선우의 가슴을 찔러서 나가떨어지게 만들 수 있을 것이라고 자신했다.

허약한 놈이라면 갈비뼈가 부러지겠지만 튼튼하다면 죽을 것 같은 고통을 맛볼 것이다.

그런데 현청하는 이번에도 허공을 찌르고 말았다. 선우가 이번에는 왼쪽으로 3m쯤 피했다.

그때까지도 현청하는 선우가 매우 뛰어난 능력자라는 사실을 알아차리지 못했다.

자신이 이 할의 힘으로 공격했는데도 상대가 가볍게 피했다면 일단 마현가의 마전사 수준이다.

그 정도면 그녀를 놀라게 만들기에 충분하고 또 경계를 해야 마땅한데도 그녀는 그러지 않았다.

상대가 만만한 놈이 아니라는 사실을 인정한다는 것이 자존심 상했기 때문이다.

현청하는 선우가 도망만 다니자 조금 짜증이 났다.

"사내라면 피하지만 말고 맞붙어 싸워보자."

그녀가 붙잡으려고 마음만 먹으면 선우를 못 잡을 리 없겠지만 그를 잡으려고 이리 뛰고 저리 뛰는 게 귀찮았다.

선우는 느긋하게 말했다.

"네가 누군지 말하면 그렇게 하지."

현청하는 자신이 누군지 선우가 당연히 모를 것이라고 생각했다. 그래서 대수롭지 않게 말해주었다.

"나는 현청하다."

선우가 짐작한 대로 그녀는 현 씨였다.

"뭐 하는 계집애냐?"

"계집애?"

현청하는 발끈했다. 그녀는 부모는 물론이고 오빠인 신주 현풍림에게도 계집애 소리를 들어본 적이 없다.

"야, 이……."

화가 치민 그녀는 뭐라고 욕을 해주고 싶은데 아는 욕이 하나도 없었다.

"죽여 버리겠다!"

현청하는 앙칼지게 외치면서 선우에게 쏘아갔다.

아니, 쏘아가다가 멈칫했다.

선우가 10m쯤 떨어진 곳에 서 있는 것을 발견한 것이다.

'저놈!'

방금 3m 거리에 있었는데 그가 7m나 물러나는 것을 그녀는 보지 못했다.

이쯤에서 그녀는 상대의 실력을 어느 정도 인정해야 하는데도 그러기가 싫었다.

'이놈! 어디 도망쳐 봐라!'

그녀는 자신의 능력 십 할을 모조리 쏟아 선우에게 벼락같이 쏘아갔다.

쉬이익!

시속 60㎞의 엄청난 속도이다. 마고수로서도 최고여야 이정도 속도를 낼 수 있다.

선우는 일부러 전력을 다하지 않고 열심히 도망가는 것처럼 부지런히 팔다리를 움직이면서 도망쳤다.

그가 현청하보다 월등하게 강하게 보이면 신강가 사람이라고 의심할 수도 있기 때문이다.

1분 정도가 지났는데도 현청하는 선우를 잡지 못하고 끈질기게 따라다니기만 했다.

그녀가 봤을 때 선우는 죽을힘을 다해서 도망치고 있으며 그녀는 매번 간발의 차이로 선우를 놓치고 있는 상황이다.

선우가 일직선이 아닌 지그재그로 도망치기 때문에 현청하는 갑자기 방향 전환을 하지 못해 그를 놓치기 일쑤였다.

선우가 일직선으로 도망치면 충분히 잡을 수 있는데 쥐새끼처럼 요리조리 방향을 트니 현청하는 약이 바짝 올랐다.

"이놈! 안 설래? 잡히면 죽는다!"

선우는 그녀의 손길을 아슬아슬하게 피하고 나서 소리쳤다.

"잡히면 죽는데 너 같으면 서겠냐?"

그래서 그녀는 어쩔 수 없이 특단의 방법을 사용해야만 했다.

그녀가 허리띠를 만지는가 싶더니 한순간 거무스름한 물체가 선우를 향해 뿜어졌다.

피잉!

육안으로 확인이 불가능한 속도지만 선우는 그것이 채찍이라는 것을 알아보았다.

그의 능력으로 충분히 피할 수 있지만 계속 도망 다니는 것이 지루해서 이쯤에서 잡혀주기로 했다.

짜아앗—

기묘한 소리를 내면서 순식간에 채찍이 선우의 몸통을 칭칭 감아버렸다.

선우는 조금 조이는 듯한 느낌이지만 보통 사람이라면 뼈가 으스러지는 고통을 느낄 것이다.

"깔깔깔! 어디 더 도망쳐 봐라!"

현청하는 선우를 자기 앞으로 끌어당기며 물방울 떨어지는 듯한 낭랑한 웃음소리를 냈다.

선우는 얼굴을 찡그린 채 현청하를 노려보았다.

"두 다리로는 날 잡을 수가 없었느냐?"

뛰어서 선우를 잡지 못해 채찍을 쓴 현청하는 찔끔해서 아무 말도 하지 못했다.

그녀는 달리는 속도가 선우보다 더 빠르지만 어쨌든 달리기로 그를 잡지 못했기 때문에 자존심이 상했으며, 선우가 정곡을 찌르자 화가 났다.

"흥! 쥐새끼처럼 요리조리 달리니까 그렇지."

"직선으로 달려도 나를 못 잡을 것이다."

"그럴 리가 없어."

"자신 있으면 한번 해보든가."

"좋아."

현청하는 선우를 주시하며 다짐했다.

"직선으로만 달리는 거다?"

선우는 조금 웃음이 났다. 생각한 것보다 현청하가 무척이나 순진했기 때문이다.

"알았다."

또한 그녀는 자존심이 매우 강하고 지고는 못 배기는 성격인 것 같았다.

"네가 지면 내가 하자는 대로 해야 한다."

현청하의 말에 선우도 따라 했다.

"내가 이기면 넌 무조건 내 명령에 따라야 한다."

"알았어."

선우는 어쩌면 생각한 것보다 쉽게 마현가 최고위급을 수중에 넣을 수도 있다는 생각이 들었다.

"만약 네가 약속을 어기면 어떻게 하지?"

선우의 말에 현청하가 발끈했다.

"절대로 그런 일은 없어!"

선우는 고개를 가로저었다.

"약속을 지키지 않을 생각이로군. 됐다. 시합은 없던 것으로 하자."

"뭐야?"

"달리기를 해서 너처럼 조그만 계집애를 이겨봤자 자랑스러운 일도 아니지."

"내가 이긴다니까!"

"계집애야, 해보지도 않고 말로만 이긴다고 우기는 거냐?"

선우는 현청하를 놀리는 게 재미있었다.

"너……!"

현청하는 채찍으로 선우를 칭칭 묶고서도 약이 바짝 올라 어쩔 줄 몰라 했다.

"청하야."

선우가 이름을 부르자 현청하는 눈을 치떴다가 화를 참으며 차갑게 말했다.

"왜?"

"네가 약속을 하지 않으니까 직선 달리기 시합은 없던 것으로 하자. 나도 귀찮다."

"약속, 어기지 않을 거야."

"어기면?"

"지지도 않을 거고 약속을 어기지도 않을 거지만, 어쨌든 내가 약속을 어기면 네 아들이다."

"약속했다?"

현청하가 쌔근거렸다.

"달리기는 언제 할 건데?"

"지금."

선우와 현청하는 야외 농구장 한쪽 끝에 나란히 섰다.

맞은편의 농구 골대를 먼저 터치하는 사람이 이기는 것이다.

현청하는 가소로운 표정을 지었다.

"어떻게 시작하지?"

"네가 신호해."

"뭐라고 신호하는데?"

"아무거나 해."

신강가의 재신과 마현가의 이인자가 말도 안 되는 장면을 연출하고 있었다.

달리기는 신호를 하는 사람이 무조건 유리하다. 신호하는 사람은 아무 때나 소리치고 튀어 나가면 되지만 상대는 그걸 듣고 반응하기 때문에 0.1초라도 늦을 수밖에 없다.

그걸 모를 리 없는 현청하는 제 딴에는 공정함을 기하고 싶어서 다른 방법을 제시했다.

"하나, 둘, 셋 할게."

"알아서 해."

두 사람은 뛸 자세를 취하며 상체를 숙였다.

"하나, 둘, 셋!"

현청하의 구령에 맞춰서 두 사람은 동시에 튀어 나갔다.

출발이 현청하보다 늦은 선우는 그녀 뒤에서 2m의 거리를 두고 달렸다.

현청하는 전력으로 달렸다. 아까는 시속 60㎞였는데 지금은 스타트 이후 직선주로에서 거의 시속 80㎞ 가까운 속도를 내고 있었다.

현청하는 자신이 질 거라는 생각은 손톱만큼도 하지 않았다.

세상에 존재하는 모든 생명체 중에서 오직 한 사람, 오빠만 빼고 다 이길 수 있다고 믿는 그녀였다.

스타트해서 몇 걸음 달리지도 않았는데 그녀는 어느새 결승선인 골대까지 거의 다 왔다.

힐끗 옆을 쳐다보니 선우의 모습이 보이지 않았다. 뒤에 붙어 있기 때문이다.

회심의 미소가 그녀의 입가에 떠올랐다.

'제까짓 게…….'

속으로 중얼거리면서 골대에 손을 대려고 오른손을 뻗는데 순간 오른쪽에서 선우가 숙, 하고 튀어 나갔다.

탁!

"……."

농구대를 향해 손을 뻗은 현청하는 움찔했다.

선우가 농구대 기둥에 손을 대고 빙글 몸을 돌리면서 그녀를 보며 씨익 미소를 지었기 때문이다.

너무 빨리 달리던 현청하는 급정거를 하지 못하고 뻗은 손을 선우의 가슴에 댔다.

현청하의 손이 뻗어오는 순간 선우는 피하거나 방어하지 않았고 갈등하는 표정도 짓지 않았다.

그가 잠시 겪어본 현청하는 얄팍한 술수 같은 것을 쓸 사람이 아니었다.

"아……"

현청하는 선우의 가슴에 손을 대고는 달려온 힘에 의해 와락 그에게 안겨왔다. 안기고 싶어서가 아니라 멈추지 못했기 때문이다.

그리고 그녀는 그 짧은 순간 자신의 손이 가슴에 닿는데도 선우가 피하지 않았다는 사실을 깨달았다.

선우는 두 손으로 현청하의 양쪽 어깨를 가볍게 잡았다가 놔주었다.

"하아……"

현청하는 손바닥으로 선우의 가슴을 짚고 허탈한 표정을 지으며 나직하게 한숨을 내쉬었다.

그녀는 자신이 직선 달리기에서 선우에게 졌다는 사실이 믿어지지 않았다.

그렇지만 그녀는 분명히 선우에게 졌다.

그녀는 선우의 가슴에서 손을 떼고 씁쓸한 얼굴로 말했다.

"날 죽일 거야?"

"죽기를 원하니?"

현청하가 선우를 쏘아보았다.

"아니. 죽고 싶은 사람이 어디에 있어?"

"내가 널 죽이면 죽을 거니?"

현청하는 복잡한 표정을 지었다가 고개를 끄떡였다.

"약속은 지켜야지. 네 아들이 될 수는 없잖아?"

선우는 현청하를 가만히 바라보았다.

마현가 사람이 아니라면 그저 평범하며 순진무구한 아가씨일 뿐이다.

발랑 까진 여자들 천지인 요즘 세상에 현청하 같은 여자는 희귀하다.

"술 한잔하자."

선우가 불쑥 말하자 현청하는 깜짝 놀랐다.

"술?"

선우는 현청하라는 여자를 조금 더 알고 싶었다.

그는 걸음을 옮겼다.

"가자."

현청하가 따라오면서 자신 없는 목소리로 말했다.

"나 술 마셔본 적 없어."

선우는 그녀와 나란히 걸으면서 물었다.

"너 몇 살이냐?"

"스물세 살."

선우와 현청하는 가까운 곳의 곱창집으로 들어갔다.

현청하는 신기하다는 표정으로 연신 주위를 두리번거렸다.

실내는 손님들로 북적거렸고, 웃고 떠드는 소리로 시끄러
웠다.

"이게 뭐야?"

선우가 주문한 곱창을 아줌마가 굽는 것을 보고 현청하가
얼굴을 찡그리며 물었다.

아줌마가 웃으면서 대신 대답했다.

"모듬 세트예요. 특양하고 대창, 소창, 그리고 이건 염통인
데 우리 집에서 최고 인기 메뉴예요."

"염통이 맛있어?"

아줌마는 선우와 현청하를 연인 사이쯤으로 보는 모양인지
해실해실 웃으면서 설명했다.

"염통뿐만이 아니라 다 맛있어요. 저기 봐요. 아가씨들도
잘 먹잖아요."

곱창은 비주얼이 영 아니라서 처음 보는 사람이나 못 먹는
사람은 꾸물거리는 것만 봐도 질색하게 마련이다.

현청하가 울상이 되어 곱창을 가리켰다.

"이거 꼭 먹어야 돼?"

"안 먹어도 된다."

현청하는 선우를 쳐다보았다.

달리기에서 지면 그가 명령하는 것은 무엇이든 따르겠다고 약속했다.

그러니까 이걸 먹지 않는다면 약속 불이행이 되는데 먹지 않아도 된다니까 안심이 됐다.

선우와 현청하는 30분 만에 소주를 한 병씩 나누어 마셨다.

현청하는 오만상을 찌푸리면서 술을 찔끔거리더니 어렵게 두 잔 마시고 나서는 기분이 좋아지고 또 먹을 만한지 물처럼 마셔댔다.

"소주 한 병 더 마시자. 곱창도 더 시키고."

처음에는 질색하더니 잘 구워진 것을 골라서 입에 넣고 오물거리면서 애원하는 눈길로 선우를 바라보는데 그 모습이 귀엽기 짝이 없다.

선우는 소주와 곱창을 더 주문했다.

선우는 현청하를 제압해서 납치할 계획이었지만 지금은 그럴 마음이 거의 사라졌다.

아까 강변 산책로 야외 농구장에서의 일 때문이다. 거기서 선우가 겪은 현청하는 마현가의 악독한 마녀가 아니라 순진하기 짝이 없는 때 묻지 않은 아가씨였다.

마현가를 박살 내야 하고 놈들이 무슨 일을 꾸미는지 알아내야 하지만 해맑은 현청하를 해치고 싶지는 않았다.

선우는 현청하를 납치하려던 계획을 접었다.

그러나 할 수 있다면 현청하가 누군지 정도는 알고 싶었다.

"야, 우리도 술잔 부딪치자."

현청하는 주위 사람들이 건배하는 것을 여러 번 보더니 그것이 무슨 뜻인지 이해한 것 같았다.

곱창을 구워주는 아줌마가 웃으면서 물었다.

"두 분, 애인 사이예요, 아니면 친구예요?"

"둘 다 아니에요."

현청하가 딱 잘라서 말했다.

"그런데 여자가 남자한테 막 반말하고 그래요?"

아줌마가 곱창을 굽던 집게로 선우를 가리켰다.

"딱 봐도 이 총각이 나이가 많은 것 같은데 오빠라고 불러야 하는 거 아닌가요?"

아줌마는 어디까지나 웃으면서 농담처럼 말했다.

현청하는 처음 마시는 소주에 취한 것 같았지만 정신은 말짱해 보였다.

그녀는 한동안 소주잔을 쥐고 뭔가 골똘하게 생각했다.

선우가 보니 아줌마가 농담처럼 한 말을 진지하게 생각하는 것 같았다.

아줌마가 물러가자 현청하가 불쑥 물었다.

"날 해칠 생각이야?"

선우는 고개를 가로저었다.

"아니."

"나한테 좋지 않은 생각 품고 있어?"

"아니."

발그레한 얼굴의 현청하는 선우를 뚫어지게 주시하는데 추호도 취한 모습이 아니다.

"날 어떻게 생각하지?"

"귀엽고 착하지."

그 말에 현청하는 조금 얼굴을 붉히면서 물었다.

"몇 살이야?"

"스물네 살."

"날 동생으로 삼고 싶어?"

"그래."

현청하가 소주잔을 내밀었다.

"허락할게."

쨍!

선우는 현청하가 내민 소주잔에 자신의 소주잔을 부딪쳤다.

"청하야."

"응, 오빠."

"많이 먹어."

"응."

현청하는 입가에 소스와 부스러기를 잔뜩 묻힌 채 오물거리면서 잘도 먹었다.

"오빠, 나한테 볼일 있는 거 아냐?"

선우는 빙그레 미소 지었다.

"그런 거 없어."

"그럼 왜 날 미행한 거야?"

"너무 예뻐서 어떻게 해보려고."

취기로 뺨이 발그레해진 현청하는 눈을 동그랗게 떴다가 고개를 젖히고 웃음을 터뜨렸다.

"아하하하하하!"

웃음소리가 방울 소리처럼 짤랑거렸고, 크게 벌린 입에서 먹던 곱창 찌꺼기가 튀어나왔다.

선우는 물티슈를 집어 현청하의 입을 닦아주었다.

깨끗해진 입술로 그녀가 말했다.

"나한테 그런 말 한 거 오빠가 처음이야."

그러고는 따스한 표정을 지었다.

"내 입을 닦아준 사람도 오빠가 처음이고."

선우는 현청하를 통해서는 아무것도 알아내고 싶지 않았다.

이런 애를 속이거나 해치는 것은 죄악인 것 같았다.

곱창집을 나온 두 사람은 택시를 타고 영등포로 건너가 오징어볶음집에 들어가 또 소주를 마셨다.

그렇게 둘이서 소주 여덟 병을 마셨는데 결국 현청하가 뻗어버렸다.

늦게 배운 도둑질에 날 새는 줄 모른다고 오늘 처음 인생의 참맛을 알게 된 현청하는 선우보다 더 마셨으면 더 마셨지 절대 덜 마시지는 않았다.

이렇게 좋은 소주하고 곱창, 오징어볶음을 어째서 지금껏 모르고 살았는지 너무나도 원통하다면서 그녀는 원 없이 마시고 먹었다.

그녀가 웬만큼 취기를 보였으면 그만 마시게 했을 텐데 여덟 병까지도 말짱하다가 어느 순간 갑자기 앉아서 꾸벅꾸벅 졸기 시작했다.

선우가 아무리 흔들어도 현청하는 깨어나지 않았다.

늦은 밤, 선우는 현청하를 업고 오징어볶음집을 나섰다.

현청하는 이상한 소리에 잠이 깼다.

눈을 뜨니 캄캄했다.

하지만 몇 번 눈을 깜빡거리자 대낮처럼 밝아졌다. 그녀에게 어둠 같은 건 별문제가 아니었다.

그런데 그녀가 누워 있는 머리 너머에서 여자의 죽어가는 듯한 비명 소리가 들려왔다.

여자는 전력으로 달리고 있는지 헐떡거리면서 때로는 칼에 찔리는지 처절한 비명을 질러댔다.

그 소리만 들었으면 웬 여자가 도망치다가 괴한에게 칼에 찔린 것이라고 생각했을 것이다.

그런데 그 여자는 또 헐떡거렸고, 잠시 후에는 또다시 '악 악' 하며 비명을 질렀다.

칼에 찔린 여자가 또 전력으로 도망치고 또다시 칼에 찔렸을 리는 없다.

더구나 그 소리가 바로 현청하의 머리 너머에서 들려오고 있지 않은가.

그리고 마지막으로 여자의 결정적인 외침이 현청하의 정신을 번쩍 들게 만들었다.

"오빠! 아악! 너무 좋아! 사랑해! 오빠! 더! 더! 아아악!"

현청하는 벌떡 일어나 앉았다.

"……!"

그 순간 그녀는 두 가지 사실을 알게 되었다.

하나는 머리가 깨질 것처럼 아프다는 것, 또 하나는 자신이 벌거벗고 있다는 사실이다.

머리가 아픈 것이나 벌거벗고 있다는 것 둘 다 이해할 수

없는 일이다. 어째서 머리가 아프고 벌거벗고 있는 것인지 알
수 없었다.

현청하는 오만상을 하고 아픈 머리를 어루만지면서 침대 위
에 우뚝 일어섰다.

그러고는 자신이 완전히 벌거벗은 게 아니라 브래지어와 팬
티를 입고 있다는 사실을 깨달았다.

그리고 한 가지 더, 자신은 침대 위에 서 있고 침대 아래에
선우가 자고 있는 모습이 내려다보였다.

'어떻게 된 거지?'

현청하는 침대 위에 선 채로 무슨 일이 있었는지 골똘하게
생각했다.

어젯밤에 선우하고 여의도 곱창집에서 소주를 마시다가 거
기에서 나와 택시를 타고 영등포 오징어볶음집으로 옮겨 2차
로 술을 마셨다.

그 집에서 한 시간쯤 신나게 웃고 떠들면서 맛있는 오징어
볶음에 소주를 마시던 것까지는 기억이 나는데 어느 순간부
터는 기억이 나지 않았다.

현청하는 술을 마셔본 적이 없기 때문에 술에 취한다는 것
과 취하면 사람이 어떻게 되는지 알 턱이 없었다.

단지 술을 마시니까 기분이 매우 좋았고 점점 몽롱한 상태
가 되어갔다는 기억이 있을 뿐이다.

선우는 팬티만 입은 모습으로 이불을 덮지 않고 똑바로 누운 자세로 자고 있었는데 후리후리한 키에 근육질 몸매가 장난이 아니다.

옆방으로 생각되는 벽 너머에서는 여자의 절규에 가까운 비명 소리가 절정을 향해서 치닫고 있는 중이다.

현청하가 바보가 아닌 이상 그 소리가 무엇인지 짐작할 수 있을 것 같았다.

그래서 그녀는 반사적으로 자신과 선우가 옆방의 남녀가 하는 짓, 즉 섹스를 하지 않았나, 하는 생각이 들었다.

자신은 팬티와 브래지어만, 그리고 선우도 팬티만 입고 있는 모습을 보니 둘이서 섹스를 했을 거라는 생각이 부쩍 더 들었다.

그녀는 지금껏 한 번도 섹스를 한 적이 없기 때문에 그걸 하면 어떤 상태가 되어 있는지 알지 못했다.

그래서 자신과 선우가 섹스를 했는지 하지 않았는지 제대로 알 수가 없었다.

그녀는 침대에서 내려와 선우를 물끄러미 내려다보다가 소변이 마려워 화장실을 발견하고는 그쪽으로 비틀거리며 걸어갔다.

그러다가 한쪽 벽에 있는 조그만 테이블과 두 개의 의자에 자신의 티셔츠와 청바지, 그리고 선우의 옷이 펼쳐져 있는 것을 발견했다.

만져보니 축축했다.

'비가 왔었나?'

소변이 급한 현청하는 화장실에 들어가 소변을 보다가 이상한 냄새를 맡았다.

시큼하면서 퀴퀴한 냄새다. 그리고 세면대에 토사물의 흔적이 남아 있는 것을 발견했다.

그걸 보고 그녀는 어떻게 된 일인지 알아차렸다.

그녀가 토해서 옷을 버렸고, 그래서 선우가 옷을 빤 것이다.

그의 옷에도 토사물이 묻어서 빨았을 것이다.

소변을 보고 화장실 밖으로 나와 실내를 두리번거리던 현청하는 여기가 호텔이나 모텔의 객실이라는 사실을 알게 되었다.

어젯밤에 생전 처음 마신 소주에 취해서 그녀가 정신을 잃었고, 선우에게 토하는 바람에 엉망진창이 되었으며, 결국 선우는 호텔인지 모텔인지 그런 곳으로 그녀를 데려와 재우고 두 사람의 옷을 세탁한 다음 자신은 바닥에서 자고 있는 것이다.

거기까지 추측한 현청하는 자신이 선우와 섹스를 했을 거라는 생각은 들지 않았다.

비록 선우를 만난 지 채 하루도 지나지 않았지만 그는 정신을 잃은 여자하고 섹스를 할 사람이 아니라는 것쯤은 알 수 있었다.

그건 강간이나 마찬가지다. 선우 같은 남자가 강간을 하다니 말도 안 되는 일이었다.

현청하는 커튼을 약간 젖히고 밖을 내다보았다.

바깥은 아직 캄캄했으며 불빛이 반짝거리는 한적한 거리가 내려다보였다.

그녀는 다시 선우 옆으로 다가와 침대에 걸터앉아 그를 물끄러미 바라보았다.

"아……."

그런데 속이 메슥거리고 머리가 깨질 것처럼 아파서 자신도 모르게 신음이 새어 나왔다.

그 소리에 선우가 깨서 눈을 떴다. 아니, 그는 진작 깼지만 그냥 누워 있었다.

"오빠, 나 머리 아파."

그녀는 취중에 선우하고 오빠 동생 하기로 한 것을 기억하고 있는 모양이다.

슥―

선우가 일어나 냉장고에서 차가운 물병을 꺼내 현청하에게 내밀었다.

"시원한 물 좀 마시면 좀 나아질 거야."

현청하는 차가운 물을 반 병 이상 마시고 한숨을 내쉬었다.

"하아, 시원해."

선우는 그녀에게서 물병을 받아 자신도 마시고 그녀 옆에 앉았다.

"조금 더 자다가 일어나서 해장국 먹으러 가자."

"해장국?"

"술 마신 다음에 속 푸는 데는 해장국이 최고야."

"알았어."

현청하는 어젯밤에도 그랬지만 선우라는 존재가 몹시 든든했다. 그와 같이 있으면 마음이 편안해지고 아늑했다. 그런 감정은 지금껏 살아오면서 한 번도 느껴본 적이 없었다.

"나 어떻게 여기까지 온 거야?"

"내가 업고 왔지."

현청하는 선우의 벗은 넓고 탄탄한 상체를 쳐다보았다.

"술이라는 게 마실 때는 좋은데 먹고 나서는 영 지랄 맞네."

"지랄 맞네?"

"응."

선우는 현청하의 독특한 말투에 웃음이 나왔다.

"나 언제 토했어?"

"업혀 오다가."

선우 등에 업혀 오다가 토했으니 두 사람 꼴이 어찌 됐을지

상상이 갔다.

"샤워해라. 냄새난다."

"오빠, 나하고 그거 했어?"

선우의 말에 현청하는 다른 걸 물었다. 그가 정신을 잃은 자신을 건드리지 않았을 거라고 믿지만 그래도 확인하고 싶었다.

"그거라니?"

"섹스."

선우는 주먹으로 현청하의 머리를 슬쩍 쥐어박았다.

"인마, 나는 취해서 뻗은 여자 흥미 없다."

현청하가 일어나더니 선우 앞에서 몸을 쭉 폈다.

"나 매력 없어?"

그녀의 몸매는 매력이 없는 게 아니라 넘쳐서 터질 지경으로 환상적이었다.

165㎝의 적당한 키에 군더더기 없는 탄탄한 구릿빛 살결, 터질 듯 팽팽한 가슴에 뚜렷한 식스팩 복근, 우월한 하체의 길이는 보는 사람의 눈을 압도했다.

선우는 빙그레 웃었다.

"매력 넘쳐."

"그런데 안 했잖아."

"너 같으면 토해서 지독한 냄새나는 남자 좋니?"

"그럼 샤워하고 오면 할 거야?"

선우는 어이없다는 표정을 지었다.

"너, 나랑 하고 싶은 거니?"

현청하는 고개를 살랑살랑 저었다.

"아니."

"그런데 왜 그래?"

"오빠 떠보는 거야."

선우는 현청하의 엉덩이를 냅다 때렸다.

철썩!

"가서 씻어."

두 사람은 차례로 샤워를 했다.

시간이 아직 새벽 4시라서 밖에 나가기는 이르다.

선우는 침대에 책상다리로 앉아서 늘어지게 하품을 하는 현청하에게 말했다.

"조금 더 자라."

선우가 침대 아래에 깔아놓은 이불에 누우려고 하자 현청하가 말했다.

"오빠, 침대에서 같이 자자."

"괜찮아."

"거기 딱딱하잖아."

"이불 깔아서 괜찮아."

"그럼 나도 바닥에서 잘 거야."

현청하가 침대에서 내려오려고 하자 선우는 일어나 침대로 올라갔다.

"계집애가 무슨 고집이 그렇게 세냐?"

현청하는 눈을 감았지만 잠이 오지 않았다.

어제저녁부터 지금 이 순간까지 일어난 일을 몇 번이나 반추해 봤지만 현실이라는 생각이 들지 않았다.

처음에 누가 자신을 미행하고 있으며 그가 골드핑거라는 사실을 알았을 때는 제압해서 골드핑거에 대한 비밀을 알아내고 죽여야겠다고 마음먹었다.

그랬는데 시간이 흐르고 그와 대화를 할수록 적의(敵意)를 느끼지 못했다.

아니, 오히려 친근감이 느껴졌으며 나중에 술을 마시면서부터는 그가 점점 좋아지기 시작했다.

그런데 지금은 믿을 수 없게도 선우가 친오빠인 현풍림보다 더 가깝게 느껴지고 더 좋았다.

그것은 선우가 이 세상에서 제일 좋다는 뜻과 같다.

현청하는 철이 들기 전부터 가문의 특수한 수법들과 대법을 훈련하느라 세상하고는 완전히 단절된 삶을 살아왔다.

그녀는 오빠 현풍림하고는 단 한 올의 정조차 느끼지 못하면서 성장했다.

그녀는 오로지 마현가의 제이인자로 키워졌다. 부모와 남매지간의 정을 느끼는 것은 사치였다.

오빠 현풍림은 마현가의 주인으로, 여동생인 현청하는 그를 보필하는 살인 기계로 길러졌다.

다섯 살에 훈련을 시작하여 스물두 살에 모든 훈련을 마치고 마현가의 부신주 겸 총당주의 신분으로 성공리에 데뷔한 이후 일 년 넘게 사회생활을 해오면서 개인적으로 남자를 만날 기회가 여러 번 있었다.

마현가의 남자들은 오빠를 제외하곤 전부 부하들이기 때문에 감히 그녀 앞에서 고개조차 들지 못하는 터라 그녀를 여자로 보는 남자가 없었다. 그리고 그녀도 그들을 남자라고 여기지 않았다.

그렇다고 해도 이따금 그녀의 신분을 모르는 남자가 대시를 해오는 경우가 있었다. 순전히 그녀의 미모나 사회적인 스펙을 보고 덤벼드는 경우이다.

하지만 그들은 그녀의 강인한 기질과 비교 불가의 고집, 그리고 남자를 발가락에 낀 때만큼도 여기지 않는 무시에 넌더리를 치면서 물러나야만 했다.

그런데 선우는 그녀를 무서워하지도 않을뿐더러 크고 넓으며 따뜻한 마음으로 보듬어주어 그녀가 지금까지 만나거나 겪은 그 어떤 남자하고도 비교가 되지 않았다.

선우하고 함께 있으면 그녀는 마현가의 제이인자가 아니고 고집불통의 통제 불가능한 원더우먼도 아닌 그저 평범한 여자가 되었다.

만난 지 하루도 안 된 선우지만 어려서부터 같이 자라온 오빠처럼 느껴졌다.

상전이면서 받들어 모셔야 할 친오빠 현풍림이 아닌 그저 어느 집의 다정한 오빠 말이다.

현청하는 울다가 잠이 깼다.

그녀는 어려서부터 혼자 지내면서 혹독한 훈련을 받았기 때문에 그게 너무 힘들고 무서워서 밤마다 남몰래 이불 속에서 우는 습관이 있었다.

현청하는 조금 전까지도 꿈속에서 울고 있었다.

그녀는 선우의 팔을 베고 그를 향해 누워서 그의 가슴에 얼굴을 묻고 낮게 흐느꼈다.

"흑흑……."

그녀는 부모나 오빠, 그리고 어느 누구에게도 눈물을 보인 적이 없지만 이상하게도 선우 앞에서는 우는 것이 부끄럽지 않았다.

선우는 그녀를 향해 마주 보고 누워서 부드럽게 등을 쓰다
듬어주었다.

"으응, 흐으응."

"이제 괜찮다. 무서워할 것 없어, 청하야."

선우는 온화한 목소리로 말하면서 그녀의 등을 어루만지듯
이 쓰다듬었다.

현청하는 선우가 자신의 진짜 오빠이고 아빠이며 애인이었
으면 좋겠다는 생각이 들었다.

현청하는 선우의 품으로 더 깊이 파고들어 그의 등을 꼭
끌어안고 한참 동안 울었다.

모텔에서 나온 선우와 현청하는 근처 해장국집으로 가서
뜨끈한 국밥과 선지국밥을 먹었다.

"어, 시원하다."

선우가 국물을 몇 숟가락 떠먹고 속이 후련한 표정을 지으
며 한마디 하자 현청하가 우습다는 표정을 지었다.

"이렇게 뜨거운데 시원하다고 그래?"

그런데 그때 저만치에서 중년인 두 녕이 국밥을 먹으면서
연신 시원하다고 탄성을 터뜨렸다.

현청하는 선우와 중년인들이 농담을 하는 거라고 여기고는
국밥을 한 숟가락 떠서 입에 넣었다.

후루룩.

그리고는 고개를 갸우뚱거리더니 곧이어 연거푸 국물 세 숟가락을 더 떠먹고는 상체를 쭉 펴면서 한바탕 트림을 하듯 탄성을 질렀다.

"으아! 정말 시원해!"

그 모습이 귀여워 선우는 빙그레 미소 지었다.

"너 술꾼 다 됐구나?"

현청하는 옆 테이블 사람들이 소주를 마시는 걸 보고 의아한 얼굴로 물었다.

"저 사람들, 왜 아침부터 술 마시는 거야?"

"해장술이야."

"해장술? 그게 뭔데?"

"아침에 마시면 속이 풀어져."

현청하가 반색했다.

"정말? 우리도 해장술 마시자."

"괜찮겠니?"

현청하가 밝게 웃었다. 또 소주를 마신다는 생각에 기분이 매우 좋아진 것이다.

"끄떡없어. 소주 오케이?"

헤어지기 전에 현청하가 물었다.

"오빠, 우리 또 만날 수 있는 거지?"

"그럼."

두 사람은 어제저녁에 만나서 오늘 아침 헤어질 때까지 마현가나 골드핑거에 대한 얘기는 한마디도 하지 않았다.

사전에 서로 그러자고 말한 것도 아닌데 두 사람은 서로에 대해서 캐묻지 않고 그저 현재 있는 그대로만 얘기했다.

선우가 순수한 현청하를 마현가하고는 별개의 한 사람으로 받아들인 것처럼 현청하도 선우를 골드핑거가 아닌 한 사람의 남자이며 새로 사귄 오빠인 이정후로 대해주었다.

골드핑거의 신분이 스팍스어패럴 한국 지부 디자인 총괄팀장이고 현청하도 그렇게 알고 있지만 거기에 대해서는 한마디도 하지 않았다.

"전화할게."

"그래."

두 사람은 영등포역에서 전철을 타고 신도림역에서 내렸다.

선우는 현청하를 강남역 방향 지하철 2호선에 태워주었다.

현청하가 밖에 서 있는 선우를 향해 환하게 웃으면서 손을 흔들었다.

그리고 문이 닫히기 전에 입술에 댄 손을 선우에게 향하며 입맞춤을 날렸다.

현청하가 탄 전철이 출발한 후 선우는 다시 온 길을 거슬러

가서 서울역 방향 지하철 1호선을 탔다.

*   *   *

유기천과 부하들은 현도일을 납치해서 서울 시내 모처의
사무실에 데려다 놓았다.

선우는 테이블에 현도일과 마주 앉았다.

긴장한 표정의 현도일은 선우를 보고 그가 골드핑거라는
사실을 한눈에 알아보았지만 내색하지 않았다.

그렇지만 선우는 현도일이 골드핑거임을 알아보았다는 사
실을 간파했다.

현청하도 현도일도 선우가 골드핑거임을 단번에 알아봤다
는 것은 마현가에서 골드핑거를 요주의 인물로 정했다는 뜻
이다.

현도일은 귀가하는 도중에 괴한들에게 납치당해 승용차에
태워졌고, 입에 헝겊 뭉치로 재갈이 물리고 머리에 두꺼운 가
죽 주머니가 씌워진 상태로 이곳까지 끌려왔다.

그는 자신이 누구에게 납치되는 것인지 몹시 궁금했고 또
극도로 긴장했지만 상대가 골드핑거인 것을 알고는 조금 안심
했다.

골드핑거가 만만한 상대라고 생각해서 안심한 게 아니라

자신을 납치한 상대가 누군지 몰랐을 때의 불안감이 사라졌기 때문이다.

그렇지만 또 다른 불안감이 현도일을 엄습했다. 타인의 의뢰를 받아서 움직이는 만능술사 골드핑거가 무엇 때문에 자신을 납치했느냐는 것 때문이다.

현도일은 두 손이 뒤로 수갑이 채워지고 입에 헝겊이 쑤셔 넣어졌기 때문에 안경 너머로 불안하게 눈을 끔뻑거리며 선우를 처다보았다.

선우는 현도일의 눈을 물끄러미 바라보았다.

현도일은 붉게 충혈된 눈을 깜빡거리더니 곧 눈에서 총기가 사라졌다.

최면이 걸렸다.

"수갑을 풀어주고 재갈을 빼라."

선우의 명령에 뒤쪽에 서 있던 유기천이 재빨리 현도일의 수갑을 풀고 입에서 헝겊을 빼주었다.

선우는 일어나 가볍게 고개를 끄떡였다.

"시작해라."

주위에 있는 오영민과 유기천, 그리고 세 명의 스포그 커맨드 전문가들은 선우가 현도일을 잠깐 처다보는 것만으로 그를 최면에 빠뜨렸다는 사실에 매우 놀랐다.

커맨드 전문가들이 현도일을 신문하는 동안 선우는 휴게실에서 커피를 마시며 휴대폰을 꺼냈다.

현청하와 지내는 동안 휴대폰을 꺼두었기 때문에 그동안 온 전화나 메일을 확인하려는 것이다.

그의 휴대폰으로 오는 전화나 메일은 전부 개인적인 것뿐이다. 공적이거나 신강가, 스포그에 대한 일은 혜주를 통하기 때문이다.

정필과 이종무의 전화가 와 있었다. 시간을 보니 어젯밤 현청하와 곱창집에서 술을 마시고 있을 때다.

선우는 정필에게 전화를 했다.

―오, 선우야.

선우는 정필의 목소리를 들으니 무엇보다 반가웠다.

"형님, 전화하셨더군요."

―그래. 정화연 말이야.

탈북녀 정화연은 한국에서 결혼하여 정착해 잘 살다가 중국에 일을 보러 갔는데 거기에서 북한 보위부에 붙잡혔다.

"네, 형님. 정화연 구하셨습니까?"

―선우야, 정화연 그 여자 떡밥이야.

"네?"

―그 여자, 선양에 있는데 보위부가 북한에 데려갈 생각을 하지 않는다.

낚시를 할 때 물고기를 잡기 위해 미끼로 사용하는 것이 떡밥이다. 정화연이 떡밥이라면 누군가를 잡기 위한 미끼인 것이다.

—정화연은 선양에서 호의호식하면서 잘 지내고 있다.

"보위부에 붙잡혀서 말입니까?"

—그래.

"그 여자, 간첩이었군요?"

—그런 것 같다.

선우는 미간을 좁혔다.

"저를 잡으려는 겁니까?"

—너하고 나 둘 다 잡으려는 것 같다.

"아……."

선우는 조금 충격을 받았다.

정필이 조사했으니 틀리지 않을 것이다.

이 일은 한국에 있는 정화연의 남편이 의뢰했다. 탈북녀로서 한국에서 방송인으로도 활동하고 있는 아내 정화연이 중국에서 피랍됐으니 구해달라는 내용이었다.

그렇다면 정화연의 남편도 의심스럽다. 선우가 지금 당장 떠오르는 제일감은 정화연의 남편 역시 간첩이거나 마현가의 끄나풀일 거라는 것이다.

"죄송합니다, 형님."

선우는 정중하게 사과했다.

만약 정필이 조심성 없이 정화연에게 접근하여 구출하려고 했다면 자칫 낭패를 볼 수도 있는 상황이었다.

북한으로서는 골드핑거보다는 검은 천사 최정필이 훨씬 더 골치 아픈 존재이기 때문에 그를 잡거나 죽이려고 혈안이 돼 있을 것이다.

선우가 정필하고 연결되어 있다는 사실을 마현가나 북한이 알고 있는 것 같지는 않았다.

왜냐하면 탈북녀 정화연이 중국에서 북한 보위부에 납치됐 다는 사실은 벌써 언론에서도 떠들썩할 정도이기 때문이다.

그러니까 정화연의 남편이 골드핑거에게 이 사건을 의뢰하 고 골드핑거가 정필에게 부탁할 거니까 이 기회에 둘 다 잡자 는 머리를 쓰지는 못했을 거라는 얘기이다.

다만 한국에서 정화연의 남편이 골드핑거에게 아내를 구해 달라고 의뢰해서 골드핑거가 중국으로 향하고, 중국에서는 골 드핑거하고는 별개로 정필이 정화연을 구출하려고 접근할 것 이라고 예상할 수 있다.

그럴 경우 골드핑거와 검은 천사를 둘 다 잡을 수도 있을 것이라고 예상하여 음모를 꾸몄을 터이다.

물론 이 일의 배후에 마현가와 북한이 웅크리고 있는 것은 두말하면 잔소리다.

"정화연은 손 떼십시오, 형님."

―아니다. 이걸 역으로 이용해야겠다.

"어떻게 말입니까?"

―나한테 생각이 있다.

"형님, 드릴 말씀이 있습니다."

선우는 정필에게 마현가의 존재, 그리고 마현가와 북한의 관계에 대해서 간략하게 설명했다.

―마현가라는 게 있었어?

"그렇습니다."

선우는 정필에게 신강가에 대해서 말을 해야 하나 말아야 하나 잠시 망설였다.

"형님, 이건 전화로 드릴 말씀이 아니지만……."

결국 선우는 말해야겠다고 결정했다. 신강가에 대한 얘기는 자랑이 아니다.

정필이 마현가에 대해서 알았다면 마땅히 신강가에 대해서도 알아야만 일을 하는 데 지장이 없을 것이다.

―신강가라고 들어본 적이 있다.

설명을 다 듣고 난 정필이 가라앉은 목소리로 말해서 선우는 조금 놀랐다.

"그렇습니까?"

신강가에 대해서는 스포그와 마현가 사람들만 알고 있는데 그걸 알고 있다니 과연 정필은 대단했다.

—고려 시대 죽림칠현 중 강찬성이라는 분이 신강가의 시조인 것으로 알고 있네.

"맞습니다."

—신강가와 더불어 천여 년 동안 세상을 어지럽히던 마가(魔家)가 있다고 들었는데 그게 현세에서는 마현가인가?

"그렇습니다!"

선우는 정필이 그런 것까지 알고 있다는 사실에 너무 놀라서 소리를 질렀다.

"형님이 그걸 어떻게 알고 있습니까?"

—선우야.

"네, 형님."

—너 혹시 강옥화라는 이름 들어본 적 있니?

"강옥화… 들어본 적 없습니다."

—그렇다면 집안의 어른들께 여쭈어보고 나서 나한테 다시 전화해라.

"집안에 어른이 아무도 안 계십니다."

—아, 그래?

선우는 부모와 조부모가 모두 마현가에게 살해당했다는 얘기를 해주었다.

정필의 목소리가 늪처럼 가라앉았다.

―그랬구나.

선우 가족이 변을 당했다는 사실을 정필이 슬퍼하는 것 같은 느낌이 들었다.

정필은 잠시 침묵하다가 조용한 목소리로 말문을 열었다.

―정필아, 너 우리 본가에 가본 적 없지?

"없습니다."

선우는 정필하고 호형호제하지만 언행은 존경하는 선생님이나 집안 어른을 대하듯 깍듯했다.

―언제 시간 나면 우리 본가에 가봐라. 우리 친할머니 성함이 강옥화이시다. 할머니를 찾아뵙는 것은 빠를수록 좋다.

선우는 신강가 얘기를 하다가 강옥화라는 이름이 나왔기 때문에 어쩌면 정필의 친할머니가 신강가하고 연관이 있지 않을까 짐작했다. 그분 성이 '강 씨'이기 때문이다.

―정화연 일은 내가 처리하마.

정필은 본가의 주소를 알려주고 통화를 끝냈다.

선우는 과연 강옥화가 어떤 분일지 곰곰이 생각하다가 이종무에게 전화를 걸었다.

"종무 형님, 정화연 일 말입니다."

―선우야, 스팍스어패럴 네 여비서 말이야.

이종무가 선우의 말을 잘랐다.

그는 스팍스어패럴 디자인 총괄 팀 여비서 윤미소를 말하는 모양이다.

이종무와 선녀, 우주희 등은 스팍스어패럴 한국 지사로 출근하니 윤미소하고는 친할 것이다.

"윤미소 씨 말입니까?"

—그래. 윤 비서 다 죽어가더라. 알고 있었니?

"윤 비서가요?"

—그래. 그때 너 죽이러 온 북한 공작원한테 윤 비서가 칼에 목하고 어깨를 찔렸다면서? 그게 덧났는지 지금 중환자실에 누워 있는데 죽을 날 받아놨다고 하더라.

"아……."

선우는 뇌리를 관통하는 어떤 생각 때문에 낮은 탄성을 토해냈다.

북한 공작원 습격 당시에 선우는 칼에 찔려서 과다 출혈로 죽어가는 윤미소에게 자신의 피를 먹여서 살려주었다.

윤미소는 그 당시의 상처가 덧난 것이 아니라 선우의 신혈을 복용했기 때문에 죽어가고 있는 것이다.

순서로 보면 미아가 일본 오사카에서 제일 먼저 선우의 신혈을 먹었고 그다음이 윤미소인데 20일 정도의 간격이 있고 마지막이 샤론 자매였다.

샤론 자매가 시름시름 앓아서 부모를 걱정시켰는데 그보다

일찍 신혈을 먹은 윤미소는 눈으로 보지 않아도 어떤 상황인지 짐작할 수 있었다.

"어느 병원입니까?"

윤미소는 국내에서 가장 규모가 크고 최첨단 의료 시스템이 갖춰진 성신메디컬센터 중환자실에 누워 있었다.

윤미소가 있는 제3중환자실에는 45명의 환자가 누워 있으며 면회는 하루 두 번 가족에 한해서 가능하며 오전 11시와 오후 4시였다.

선우가 도착한 시간은 점심시간이라서 면회는 물론이고 중환자실 가까이 가는 것조차 허락되지 않았다.

병원 입구에서 만난 이종무가 윤미소 담당 의사를 만나려고 이리저리 뛰어다녔지만 담당 의사는 점심 식사를 하러 나갔다는 말이 돌아왔다.

그래서 윤미소를 좀 볼 수 있겠느냐고 하니 간호사가 면회시간이 아니면 안 된다고 찬바람이 돌게 거절했다.

어쩔 수 없어서 선우는 이곳 성신메디컬센터 원장에게 직접 전화를 걸었다. 성신메디컬센터는 오진환이 총수로 있는 성신그룹 산하이다.

선우는 별말하지 않고 원장에게 중환자실에 있는 환자 윤미소를 특실로 옮겨달라는 부탁만 했다.

선우와 이종무가 중환자실 밖 대기실에 앉아 있는데 복도 저쪽에서 한 무리의 사람들이 거의 뛰다시피 몰려왔다.

선우는 그쪽을 쳐다보고는 씁쓸한 표정을 지었다.

그들 중에 아는 얼굴은 아무도 없지만 그들이 왜 달려오고 있는지 짐작하기 때문이다.

선우의 전화를 받은 성신메디컬센터 원장 일행이 부리나케 달려오는 게 분명했다.

달려오는 사람은 10여 명 정도이며 그들 중에 60세 정도에 반백의 머리, 안경을 쓴 사람이 보였는데 그가 성신메디컬 원장 오병환인 것 같다.

대기실에 앉아 있는 선우와 이종무 앞에 이른 오병환 일행이 우르르 주위에 둘러섰다.

사실 원장 오병환을 제외한 의료진은 선우의 존재를 전혀 모르고 있다.

다만 원장 오병환이 갑자기 소스라치게 놀라서 선불 맞은 멧돼지처럼 원장실에서 뛰어나오자 엉겁결에 따라온 것이다.

오병환은 선우를 직접 본 적은 한 번도 없으나 사진이나 선우가 스포그 산하 전체 임직원에게 보내는 메시지의 동영상을 통해 많이 봤기에 선우를 알아보는 것은 어렵지 않았다.

오병환은 대기실에 있는 사람들 때문에 선우에게 예절을 차리지 못하는 대신 그의 앞에 서서 허리를 굽혔다.

"어쩐 일이십니까?"

오병환은 최대한 공손한 태도로 말했다.

선우는 슬쩍 눈짓하여 오병환의 지나치게 공손한 언행을 나무랐다.

누구보다 놀란 사람은 이종무였다. 그는 오병환이 성신메디컬 원장이라는 사실은 몰라도 중후한 외모로 봤을 때 이 병원의 높은 직책에 있는 사람이라고 짐작했다.

그런 사람이 선우에게 깍듯하니 어찌 된 영문인지 몰라 어리둥절했다.

선우는 오병환을 사람들에게서 떨어진 복도로 데려갔다.

"중환자실에 아는 사람이 있습니다."

그러면서 그는 윤미소의 상황에 대해서 설명했다.

"그렇지 않아도 보고를 드리려고 했습니다."

오병환이 공손히 설명했다.

"그 문제라면 우리 병원 연구 팀이 해결책을 찾아냈습니다."

"그렇습니까?"

선우가 반색했다.

"어떻게 한 겁니까?"

"주군의 신혈에 다섯 가지 성분을 추가하여 신약을 만들었습니다. 이론상으로 그것을 한 달에 한 번 복용하거나 주사하면 생존이 가능합니다."

이론상이라고 하니 확실한 것은 아니다.

"주군께서 허락하시면 윤미소 씨에게 주사하고 경과를 지켜보고 싶습니다."

"실패하거나 잘못될 가능성이 있습니까?"

"실패할 확률은 5% 미만이지만 잘못될 확률은 없습니다. 실패를 하더라도 상태는 좋아질 겁니다."

선우의 표정이 밝아졌다.

"그리고 신혈의 능력을 발휘하는 것도 그대로 유지될 것이라고 생각합니다."

"윤미소 씨에게 언제 주사가 가능합니까?"

"10분 내에 주사할 수 있습니다."

성신메디컬센터로서는 윤미소를 정밀 진찰했으나 지금까지 병명조차 모르고 있었다.

윤미소는 특실로 옮겨졌으며, 침대에서 조금 떨어진 소파에 선우와 이종무가 앉아서 커피를 마시고 있었다.

"원장하고 아는 사이냐?"

이종무는 오병환이 이곳 성신메디컬 원장이라는 사실을 나중에 알게 되었다.

이종무는 처음 선우를 만났을 때 그에 대해서 조사하다가 그가 국내 재계 순위 27위인 엔젤컴퍼니의 젊은 회장이라는 사실을 알게 되어 무척 놀랐다.

그러다가 선우가 스팍스어패럴 한국 지사 디자인 총괄 팀 실장이라는 사실을 알게 되어 어째서 엔젤컴퍼니 회장이 다른 직업을 갖고 있는 것인지 궁금했으나 무슨 이유가 있을 거라는 생각에 궁금증을 접었다.

"네."

선우는 오병환을 알고 있는 것에 대해서 이종무에게 어떻게 설명해야 좋을지 몰랐다.

이종무는 선우를 쳐다보면서 고개를 갸웃거렸다.

"나는 선우 너에 대해서 10%도 모르고 있는 것 같다."

선우는 빙그레 미소 지으며 화제를 바꿨다.

"형수님은 잘 계십니까?"

이종무는 선우가 이 얘기를 하고 싶지 않은 것으로 알고 조금 섭섭했다.

하지만 그것뿐이다. 선우를 믿기 때문에 그가 얘기하지 않는 데는 이유가 있을 것이라고 생각했다.

"마누라 팔자 폈지, 뭐."

이종무는 빙그레 웃으며 말했다.

"집사람하고 애들이 새 종교를 가졌어."

"무슨 종교를요?"

"선우 교."

"네? 하하하하!"

선우는 이종무가 무슨 말을 하려는지 짐작하고 명랑하게 웃음을 터뜨렸다.

"어? 왜 웃냐, 너? 우리 집 여자 세 명이 입만 열면 교주인 강선우를 찬양하는 바람에 집안이 보통 시끄러운 게 아냐. 더구나 나는 존재감도 없어."

"죄송합니다."

제35장
신강 VS 마현

　윤미소 가족이 연락을 받고 성신메디컬센터로 달려왔다.

　성신메디컬센터 원장 오병환이 신혈 연구 팀을 직접 이끌고 와서 윤미소에게 새로 개발하여 S—16으로 명명된 신약을 주사한 것이 20분 전이다.

　윤미소의 부모와 언니, 남동생은 회사 직속 상사인 선우가 윤미소를 특실로 옮겼으며 새로운 신약을 주사했다는 사실을 알고는 고마워서 어쩔 줄 몰랐다.

　모두들 윤미소가 누워 있는 침대 주위에 둘러서서 그녀를 바라보았다.

"조금 있으면 깨어날 겁니다."

가지 않고 기다리고 있는 오병환이 설명했다.

선우는 윤미소가 깨어나는 것에 큰 희망을 걸고 있었다.

윤미소가 깨어난다면, 그래서 완치된다면 재신저에 있는 미
아와 샤론 자매, 그리고 떼를 써서 선우의 피를 먹은 소희까
지 바깥 생활을 할 수 있게 된다.

S—16의 효과가 입증된다고 해도 선우가 강제로 미아 등을
내쫓을 수는 없다.

재신저를 떠나거나 남는 것은 어디까지나 그녀들의 선택에
달려 있는 것이다.

선우는 그녀들을 사랑한다. 하지만 냉정히 따지면 그것은
강요된 사랑이다.

그가 그녀들을 사랑해서 육체관계를 맺은 것이 아니라 어
쩔 수 없는 상황에서 관계를 맺었으며 그로 인해서 사랑이 싹
트게 된 것이다.

그렇기 때문에 선우에겐 그녀들을 붙잡을 하등의 권리가
없다고 봐야 한다.

"미소야!"

그때 미소의 엄마가 비명을 질렀다.

그리고 모두가 지켜보는 가운데 윤미소는 오랫동안 감고 있
던 눈을 떴다.

　　　　　*　　　　　*　　　　　*

　선우는 만사 제쳐놓고 정필의 본가를 찾아갔다.

　정필의 본가는 원래 반포였으나 이후 분당으로 이사했다.

　원래 선우는 혼자 정필의 본가에 가려고 했으나 퇴근하는
혜주가 자신의 집하고 같은 동네라서 동행했다.

　정필의 본가는 분당 외곽의 한적한 2층짜리 빌라이다.

　혜주의 차를 타고 간 선우는 차를 빌라 주차장에 대고 102동
을 찾아서 걸어갔다.

　빌라는 2층 건물이 띄엄띄엄 있으며 그 사이에 화단과 작
은 텃밭들이 촘촘히 가꿔져 있었다.

　선우는 그곳 텃밭에서 가지며 호박, 고추, 상추 따위의 푸성
귀를 따면서 도란도란 담소를 나누고 있는 두 여자를 발견했다.

　백발이 성성하고 깡마른 여자는 모시 저고리를 입었으며 백
발로 봐서는 나이가 꽤 들었을 것 같은데 주름이 별로 없고 얼
굴에 발그레 홍조가 있는 것을 보면 60대 초반일 것 같았다.

　또 한 여자는 65세쯤 되었는데 얼굴이 매우 고왔다.

　선우와 혜주가 보기에 65세쯤 된 여자가 언니이고 60대 초
반이 동생인 것 같았다.

　"어르신, 뭘 따셨어요?"

어른들을 좋아하고 넉살이 좋은 선우가 미소를 지으며 먼저 말을 건넸다.

65세 여자가 훈훈한 미소로 대답했다.

"저녁에 먹을 채소하고 나물 딴다오."

"가지가 작지만 아주 실하군요."

선우의 칭찬에 여자는 으쓱해했다.

"약을 치지 않아서 작긴 하지만 맛이 아주 좋아요."

옆에 쪼그리고 앉은 선우는 60대 백발의 여자가 호박잎을 따는 걸 보고는 군침을 흘렸다.

"호박잎 데쳐서 강된장 듬뿍 올리고 쌈 싸서 먹으면… 캬아! 먹고 싶다!"

60대 여자가 선우를 보면서 말했다.

"그럼 우리 집에 가서 저녁밥 먹고 가시구려."

처음 보는 선우에게 자기 집에 가서 저녁밥을 먹자고 말하는 인심이 훈훈하다.

"아유, 그리고 싶은 마음은 굴뚝같지만 여기 어느 분 집에 온 거라서… 말씀이라도 고맙습니다."

선우는 일어나서 꾸벅 허리를 굽혔다.

선우와 혜주는 102동 일층 103호 현관 벨을 여러 번 눌렀으나 아무도 나오지 않아 현관 앞에 망연히 서 있었다.

"전화번호 몰라?"

선우는 휴대폰을 꺼내서 정필이 알려준 번호로 전화를 했다.

—여보세요.

점잖은 남자 목소리가 들린다.

선우는 휴대폰을 두 손으로 잡고 마치 상대가 앞에 있는 것처럼 최대한 공손하게 말했다.

"실례지만 정필 형님 아버님이십니까?"

—그렇습니다. 내가 정필이 아버지 최태현이올시다.

"저는 강선우라고 합니다. 정필 형님께서 찾아뵈라고 말씀하셔서 지금 댁에 찾아왔습니다."

—그렇습니까? 지금 어딥니까?

"댁 현관 앞입니다."

—아, 잠시 기다려요. 지금 집 앞에 차를 대고 있습니다.

정필의 부친 최태현은 5분쯤 후에 빌라 입구로 들어섰다.

키가 크고 후리후리하며 정필하고 많이 닮은 노신사를 보는 순간 선우는 최태현이라는 것을 즉시 알아보았다.

그런데 최태현은 조금 전에 선우가 텃밭에서 본 두 여자와 함께 들어오고 있었다.

두 여자가 도란도란 대화를 나누면서 입구로 들어서는 모습이 너무도 보기에 좋았다.

선우는 그녀들이 최태현의 가족일 줄은 몰랐다.

선우는 꾸벅 허리를 굽히며 씩씩하게 인사했다.

"안녕하십니까. 강선우입니다."

여자들은 선우를 보고 깜짝 놀랐다.

"우리 집에 오신 손님인 줄 몰랐군요!"

정필은 따로 집에 전화를 하지 않은 것 같았다. 최태현은
선우가 찾아올 줄 전혀 모르고 있었다.

그런데도 최태현 가족은 한 올의 의심도 없이 선우와 혜주
를 집으로 데리고 들어가 저녁 식사를 함께했다.

정필이 보내서 왔다는 한마디에 선우와 혜주를 무조건 믿
는 것이 분명했다.

그런데 놀라운 일은 텃밭에서 채소를 따던 두 여자 중 60대
초반의 여자가 바로 실제 나이 91세의 강옥화라는 사실이다.

그리고 65세로 본 여자는 실제 나이 68세로 정필의 어머니
이며 강옥화의 며느리였다.

선우는 강옥화가 신강가하고 연관이 있는 것이 틀림없다고
확신했다.

왜냐하면 신강가 혈족은 무병장수하고 나이를 먹어도 거의
늙지 않기 때문이다.

선우와 최태현 등은 거실 소파에 둘러앉았다.

"정필이 친구인 줄도 모르고……."

정필의 모친 고성숙이 미소 지으며 말했다.

"친구 아닙니다, 어머니. 정필 형님 동생입니다."

"형이든 동생이든 다 친구예요."

"아, 그렇지요."

강옥화는 거의 말이 없는데 자상한 미소를 지으며 일행의 대화를 듣고 있다.

"호박잎을 쪄서 강된장에 드신 것은 어땠나요?"

고성숙의 물음에 선우는 엄지손가락을 치켜세웠다.

"최고였습니다."

강옥화는 말없이 과일을 깎아서 테이블에 놓았다.

선우는 이제 자신이 찾아온 본론을 꺼낼 때라고 생각했다.

그는 맞은편에 고즈넉하게 앉은 고운 자태의 강옥화에게 공손하게 말했다.

"할머니, 저는 강선우라고 합니다."

아까 최태현이 두 여자에게 선우의 이름을 말해주었다.

"비류(沸流) 강 씨입니다."

선우가 조용히 말하자 강옥화가 움찔하며 그를 뚫어지게 바라보았다.

최태현과 고성숙도 적잖이 놀란 표정으로 선우를 쳐다보았다.

강옥화가 차분한 목소리로 물었다.

"본관(本貫)이 어딘가요?"

"홀본(忽本)입니다."

"아……."

순간 강옥화는 낮은 탄성을 흘리면서 반듯하던 자세가 옆으로 기울어졌다.

"어머니."

최태현이 급히 그녀를 부축했다.

강옥화는 선우에게서 시선을 떼지 않은 채 최태현을 뿌리치고 꼿꼿한 자세로 앉았다.

"그런 말은 어디에서 들었지요?"

지금까지의 강옥화 모습과 목소리가 아니다. 엄숙한 표정에 단호한 목소리다.

"저희 집 집사가 얘기해 주었습니다."

이제 강옥화는 선우를 쏘아보고 있었다. 마치 원수를 대하는 것 같은 표정이다. 그렇지만 사실은 정확한 사실을 알아내기 위해서 정색을 한 것이다.

선우는 비류 강 씨이며 본관은 홀본이다.

본관이란 강 씨의 최초 시조가 터를 잡은 지역을 말한다.

홀본은 달리 졸본(卒本)이라고도 하며 동명성왕 주몽이 고구려를 세우면서 첫 도읍으로 삼은 곳이다.

비류 강 씨의 비류는 홀본성을 흐르던 압록강의 지류 비류수(沸流水)를 가리킨다.

"집사가 누구요?"

"오진훈이라고 합니다."

"그는 누구지요?"

"오위가의 가주입니다."

"허억!"

오위가라는 말에 갑자기 강옥화가 헛바람 소리를 내며 자지러지게 놀랐다.

"어머니!"

강옥화가 너무 놀라서 펄쩍 뛰는 바람에 상체가 뒤로 젖혀지는 것을 최태현이 급히 붙잡았다.

선우는 연로한 강옥화를 자꾸 놀라게 하는 것이 죄송해서 까놓고 얘기했다.

"저는 신강가 제24대 재신 강선우입니다."

"아아……!"

강옥화의 얼굴이 하얗게 질렸다.

선우는 내친김에 계속 말했다.

"할아버님은 강지운, 할머님은 송이연이셨습니다."

"아아아……!"

강옥화는 더 크고 긴 신음 소리를 내면서 자지러졌다.

선우는 조심스럽게 물었다.

"할머니는 누구십니까?"

강옥화는 금세 대답하지 못하고 몸을 부들부들 떨면서 신음 소리만 낼 뿐이다.

혜주는 눈도 깜빡이지 않고 강옥화를 주시했다.

혜주는 정필의 양딸이지만 정필 가족은 오늘 처음 보았다.

만약 강옥화가 신강가하고 연관이 있다면 이건 사건이다.

잠시 시간이 지난 뒤 강옥화는 아들 최태현의 부축을 뿌리치고 선우를 하염없이 바라보는데 눈물이 정말 샘물처럼 줄줄 흘러내렸다.

"나는 강지운의 쌍둥이 여동생이란다."

선우의 얼굴이 홍분으로 물들었다.

"아아……."

할아버지 강지운의 여동생이면 선우의 고모할머니다.

"할머니……."

선우는 눈물이 왈칵 솟구쳤다.

돌 때 마현가의 습격으로 조부모와 부모를 한꺼번에 잃고 유모 손에서 커온 그는 혈육의 정이라는 것을 한 번도 느껴본 적이 없다.

"선우라고 했느냐?"

"네."

강옥화는 눈물을 철철 흘리면서 소파에서 일어섰다.

선우는 벌떡 일어나 소파 옆으로 나와 강옥화에게 큰절을 올렸다.

"할머니, 일어나지 마시고 절 받으세요."

신강가는 대대로 아들이든 딸이든 자식을 하나만 낳는 것이 전통이었다.

그렇지만 쌍둥이는 전통이라도 어쩔 수가 없었다. 신강가의 역사에서도 천여 년 동안 다섯 번 정도 쌍둥이가 태어났다고 기록하고 있다.

선우는 강옥화가 정말 신강가 전전대 재신이던 조부 강지운의 쌍둥이 여동생인지 확인하고 싶지 않았다.

정필이 강옥화를 소개했으며 강옥화 본인 입으로 강지운의 쌍둥이 여동생이라고 말하지 않았는가.

선우가 큰절을 올리자 혜주도 선우 뒤에서 큰절을 올렸다.

강옥화는 바닥에 납작하게 엎드려 절하고 있는 선우를 보면서 감격에 겨운 표정으로 흐느꼈다.

"살아생전에 오라버니의 손자를 만나다니… 이게 꿈인가 생시인가."

선우는 일어나서 혜주를 소개했다.

"할머니, 이 사람은 팔대호신가 민영가의 가주예요."

혜주가 공손히 허리를 굽혔다.

"민혜주입니다."

"혜주는 북한에서 왔습니다."

강옥화가 화들짝 놀랐다.

"그런가요? 나도 20년 전에 탈북했어요. 북한에서는 어디에서 살았나요?"

"평양입니다."

"나는 회령에서 살았어요."

강옥화는 안방이 있는 쪽을 가리켰다.

"6.25때 월남한 남편이 보고 싶어서 매일 울면서 지새웠는데, 글쎄 손자 정필이가 날 데리러 왔지 뭐겠소?"

혜주가 눈물을 글썽이며 말했다.

"저도 정필 아빠가 탈북시켰어요."

"정필 아빠?"

강옥화와 최태현, 고성숙이 깜짝 놀랐다.

"정필이가 양딸로 삼았다는 혜주가 너로구나!"

최태현이 무릎을 치며 탄성을 터뜨렸다.

강옥화는 몸을 떨면서 선우에게 다가왔다.

"선우라고 했느냐?"

"네, 할머니."

"어디… 한번 안아보자."

선우는 강옥화에게 가까이 다가가 두 팔을 벌렸다.

강옥화가 안아보자고 했지만 아담한 체구의 그녀는 선우의 넓은 가슴에 안겨서 와락 흐느낌을 터뜨렸다.

"으흐흐흑!"

온몸을 떠는 강옥화를 품에 꼭 안은 선우의 눈에서도 굵은 눈물이 흘러내렸다.

선우는 강옥화에게 자신의 가족사와 신강가, 그리고 스포그에 대해서 간략하게 설명했다.

강옥화와 최태현, 고성숙이 제일 충격을 받은 것은 선우의 조부모와 부모가 마현가의 습격에 죽임을 당했으며, 그래서 선우가 천애고아로 성장했다는 사실이다.

"아이고, 선우야! 네가 정말 불쌍하게 자랐구나!"

강옥화는 통곡에 가까울 정도로 우느라 말을 잇지 못했다.

강옥화 등은 선우가 거대한 스포그를 운영하고 있다는 사실에 대해서는 그다지 관심을 보이지 않고 그저 선우가 어릴 때 가족을 잃고 외롭게 자랐다는 사실에 가슴을 치며 괴로워했다.

선우가 모든 설명을 끝냈을 때 울지 않는 사람이 없었다.

강옥화는 물론이고 최태현과 고성숙 부부도 자기 일처럼 슬퍼하며 눈물을 흘렸다.

그리고 당사자인 선우는 가족 없이 살아온 지난 세월의 쓰라림과 이제야 가까스로 혈육과 상봉했다는 반가움에 눈물을 글썽거렸다.

혈혈단신이기는 마찬가지인 혜주는 마음속 깊이 사랑하고 있는 선우가 가족사에 대해서 애기를 시작할 때부터 이미 감정이 이입되어 소리 없이 울었다.

어느 정도 감정이 진정되자 선우는 강옥화에게 조심스럽게 물었다.

"할아버지께선 돌아가셨나요?"

강옥화가 안방을 가리켰다.

"돌아가시지는 않았지만 전혀 거동을 못 하신단다."

"그렇습니까?"

선우는 일어나서 안방을 쳐다보았다.

"제가 한번 뵈어도 되겠습니까?"

최태현이 앞장섰다.

"사람을 알아보지 못하신다."

척!

최태현이 문을 열자 이상한 냄새가 훅 끼쳐 왔다. 오랫동안 병상에 누워 있는 환자 특유의 냄새이다.

넓은 방에는 침대가 없으며 창문 아래 바닥에 푹신한 이불이 깔려 있고 그곳에 거의 뼈만 남아 시체나 다름없는 노인이 누워 있다.

한쪽 소파에 앉아서 책을 읽고 있던 중년의 여자가 다가왔다.

그녀는 강옥화의 남편 최문용의 돌보미로 간호조무사 자격이 있고 이 집에서 숙식을 하며 24시간 근무하고 있었다.

말이 간호조무사이지 사실은 최문용의 죽음을 편하게 해주려는 호스피스 역할을 하고 있었다.

모두들 최문용 주위에 둘러앉자 최태현이 쓸쓸한 얼굴로 설명했다.

"병에 걸리신 게 아니라 노환이라 병원에서도 딱히 해줄 게 없다고 하네."

병색이 완연하여 누런 안색인 최문용은 눈을 감고 있어서 살아 있다기보다는 시체에 가까웠다.

선우가 간호조무사에게 말했다.

"잠깐 나가 계세요."

강옥화 가족은 선우가 간호조무사를 내보내는 의도를 궁금하게 여겼으나 뭐라고 하지는 않았다.

선우는 간호조무사가 나간 것을 확인하고 누워 있는 최문용의 옆에 바싹 다가앉았다.

이때까지도 강옥화 등은 선우가 기적을 일으킬 것이라고는 꿈에도 상상하지 못했다.

최문용은 숨소리도 거의 들리지 않을 정도라서 귀를 코에 가까이 대고 듣던가 아니면 미약하게 뛰는 심장박동을 듣고 살아 있는 것을 확인할 정도로 노쇠한 상태였다.

선우는 손을 뻗어 최문용의 손을 잡았다.

슥—

장작처럼 깡마르고 검버섯이 거무죽죽하게 핀 보기 흉한 손이다.

강옥화가 눈물을 글썽이면서 말했다.

"6.25 때 헤어져서 46년 동안 떨어져 살았는데 다시 만나서 16년 같이 살다가 이 지경이 되셨단다."

그렇다면 최문용은 4년째 자리 보존 하고 병상에 누워 있었다는 얘기다.

"처음에는 식사도 하시고 사람도 알아보셨는데 작년부터는 아예 정신을 차리지 못하셨어."

강옥화는 다시 눈물을 흘렸다.

"무엇이 그리 안타까우신지 쉬이 이승을 떠나지 못하시는 걸 보면 가슴이 미어져……."

선우는 잡고 있는 최문용의 손을 통해서 부드러운 진기를 주입시켰다.

진기(眞氣)라는 것은 사람이면 누구에게나 있게 마련이지만 그것을 일으켜서 어떤 현상을 발휘하려면 오랜 훈련이 밑바탕 되어야만 한다.

선우의 진기는 신강가의 혈족만이 대대로 물려받는 것으로 강신기(姜神氣)라고 한다.

선우는 24년 동안 몸에 꽂혀 있던 금침들을 제거하고 강신기를 회복했으며 그것을 원활하게 운용, 발휘하는 방법을 신강사관에서 훈련했다.

선우가 일으킨 부드러운 강신기가 최문용의 팔을 통해서 온몸으로 따뜻한 봄날의 햇살처럼 퍼졌다.

"음……."

잠시 후 최문용이 나직한 신음 소리를 냈다.

"아앗! 여보!"

"아버지!"

강옥화와 최태현, 고성숙이 비명을 질렀다.

그런데 이번에는 최문용이 힘겹기는 하지만 천천히 눈을 뜨는 것이 아닌가.

그러고는 눈동자를 굴려서 강옥화 등을 천천히 바라보았다.

강옥화와 최태현, 고성숙은 제정신이 아니다.

"여보! 날 알아보시겠어요?"

"아버지!"

최문용은 강옥화를 응시하면서 잔잔한 미소를 지으며 힘없이 중얼거렸다.

"임자……."

"어흐흑! 여보!"

강옥화가 와락 울음을 터뜨리며 두 손으로 최문용의 얼굴을 쓰다듬었다.

죽음의 그림자가 가득 뒤덮여 있던 최문용의 얼굴에는 이제 화색이 감돌았다.

"임자, 누가 내 손을 잡고 있는 겐가?"

최문용이 나직하지만 또렷한 목소리로 물었다.

강옥화는 최문용의 손을 잡고 있는 선우의 손을 들어 올려 보여주었다.

"이 아이… 우리 손자 선우예요."

"손자라고?"

최태현이 선우가 누구인지 재빨리 설명했다.

최문용이 벙긋 미소를 지었다.

"아아, 임자가 마침내 혈육을 만났구려."

선우는 최문용의 손을 잡은 채 빙그레 미소 지었다.

"정식 인사는 잠시 후 거실에서 드리겠습니다."

정식 인사를 거실에서 드리겠다는 말에 강옥화 등은 의아한 표정을 지었다.

선우는 이번에는 최문용의 손을 통해서 아까보다 두 배 강한 강신기를 주입했다.

"아……."

최문용이 입을 크게 벌리면서 마치 약한 전기에 감전된 것처럼 몸을 움찔 떨었다.

강옥화 등은 선우가 최문용에게 어떤 알 수 없는 미지의 기적을 일으키는 것이라고 여기며 긴장된 표정으로 그를 뚫어지게 주시했다.

선우는 조금 더 강한 강신기를 주입했다.

"으헉!"

최문용이 눈을 부릅뜨고 비명을 터뜨리면서 몸을 세차게 떨었다.

강옥화 등은 무척 놀랐지만 호들갑을 떨지 않고 손에 땀을 쥔 채 지켜보았다.

선우가 처음부터 강한 강신기를 주입하지 않은 이유는 최문용이 그것을 견디지 못하기 때문이었다.

지금 최문용의 체내로 해일처럼 주입되고 있는 강신기는 선우의 신혈에 맞먹는 기적의 효능을 지니고 있었다.

금침을 제거하여 재신의 능력을 완전하게 갖춘 선우는 이제 피를 빼지 않더라도 단지 강신기만으로 다 죽어가는 사람을 살릴 수 있게 되었다.

"우웩!"

최문용이 갑자기 시커먼 핏덩이를 토해냈다. 그러자 실내에 악취가 진동했다.

"휴우……."

처음으로 강신기로 사람을 살려낸 선우는 한숨을 내쉬면서 최문용의 손을 놓았다.

"할아버지께서는 방금 체내에 축적해 있던 응혈(凝血)을 배출했기 때문에 이제 거뜬하실 겁니다."

최태현과 고성숙은 불신 어린 표정으로 최문용과 선우를 번갈아 쳐다보았다.

"설마 노환이 사라졌다는 말인가?"

강옥화가 눈물을 흘리면서 말했다.

"아비야, 너는 선우의 말을 듣지 못했느냐? 이것이 바로 신강가의 놀라운 능력이란다."

"아아, 이게 신강가 재신의 능력이라니 직접 눈으로 보면서도 믿어지지 않는군요, 어머니."

최문용의 얼굴은 시체나 다름없던 조금 전하고는 판이하게 달라졌다.

얼굴에 발그레 화색이 돌고 저승꽃이라는 거뭇거뭇하던 검버섯마저 말끔하게 사라졌다.

선우는 최문용에게 공손히 말했다.

"할아버지, 일어나 보세요."

"내가?"

"네. 하실 수 있습니다."

최문용은 자못 기대하는 표정을 지었다.

"할 수 있을까?"

모두의 기대 어린 시선을 받으면서 최문용은 두 손으로 바닥을 짚고 머리를 들었다.

"끙……"

단지 머리를 들려고 했는데 최문용의 상체가 일으켜지자 최태현이 깜짝 놀라서 손을 뻗었다.

"아버지!"

"괜찮다."

최문용은 아들의 손을 뿌리치고 상체를 일으켜 앉더니 아예 몸을 일으켜 세워 두 발로 섰다.

"아아, 여보!"

"아버님!"

강옥화와 고성숙이 너무 놀라고 기뻐서 눈물을 쏟았다.

최문용은 자신이 서 있는 것이 기쁘고 신기하여 어쩔 줄 몰라 하며 좋아했다.

"하하하! 내가 섰다! 섰어!"

최문용은 비단 자신의 두 발로 섰을 뿐만 아니라 방 안을 이리저리 돌아다니기도 했다.

최문용은 웃음을 멈추지 못했다.

"으헛헛헛! 자리에 누워서 죽을 날만 기다리던 내가 내 발로 걸어 다니다니… 놀라워! 정말 놀라워!"

최문용이 선우를 보았다.

"나한테 어떻게 한 것인가?"

선우는 엷은 미소를 지었다.

"제 기운을 나누어 드렸습니다."

"그러면 자네가 해를 입는 것이 아닌가?"

"그렇지 않습니다. 제 기운은 배출한 만큼 다시 보충됩니다."

"그런가? 그거 다행이야."

선우는 안방 문을 가리켰다.

"거실로 나가시죠. 정식으로 인사드리겠습니다."

*   *   *

다음 달부터 새로 방영할 드라마의 여주인공으로 발탁된
소희는 방송국에서 녹화를 마치고 지하 주차장으로 내려가는
엘리베이터를 탔다.

소희 옆에는 그녀를 전담해 경호하는 재신저 소속의 양복
을 입은 유삼정이 우뚝 서 있다.

원래 소희의 경호원이던 원혜진에게는 선우가 다른 사람을
소개해 주었다.

유삼정은 팔대호신가의 유도가에서 세 번째로 높고 강하며

15명의 부하를 거느리고 있다.

그들이 5명씩 3교대로 돌아가면서 24시간 소희를 경호하고 있으며, 우두머리인 유삼정은 소희가 외출할 경우 밀착 경호를 하고 있다.

소희는 기분이 매우 좋은 상태였다. 오랫동안 보지 못한 선우가 오늘 재신저로 돌아온다는 연락을 받았기 때문이다.

미아하고도 이미 통화했다. 미아는 신곡 뮤직비디오를 찍고 있는데 선우가 돌아온다는 연락을 받고 촬영하다가 중간에 재신저로 돌아오겠다고 했다.

그러면서 두 여자는 오늘 밤 둘이서 선우를 독차지하여 실컷 사랑을 받자면서 한껏 들떠 있는 상황이다.

땡~

중간에 엘리베이터가 멈추더니 방송국 기술 직원 복장의 남자 두 명이 탔다.

두 남자는 방송 장비를 들고 있어서 유삼정은 소희를 코너로 보내고 그녀를 몸으로 막아섰다.

어느 순간 두 남자가 몸을 뒤척이는 것 같더니 느닷없이 방송 장비를 유삼정에게 집어 던졌다.

휘익!

유삼정은 조금도 놀라거나 당황하지 않고 왼팔로 방송 장비를 막으면서 오른손은 이미 허리춤에서 무기를 뽑아 쥐었다.

방송 장비를 집어 던진 두 남자는 이미 손에 소음 권총을 쥐고 있었는데 그걸 유삼정에게 겨누었다.

그 순간 유삼정의 무기가 현란한 동작으로 두 남자의 머리를 갈겼다.

따딱!

"컥!"

"왁!"

유삼정이 휘두른 무기는 15㎝ 길이의 짧고 검은 막대기 같은 것이며, 그가 손에 쥐는 순간 30㎝로 길어져 첫 번째 사내의 관자놀이를 갈겼으며, 반탄력으로 퉁겨져 두 번째 사내의 뒤통수를 후려칠 때는 45㎝로 길어져 있었다.

더구나 그 무기는 단단하면서도 낭창낭창 잘 휘어지기 때문에 정면에서도 적의 뒤통수를 가격하는 것이 가능했다.

쿠쿵!

정타(精打)라는 이름의 무기에 한 대씩 맞은 두 남자는 그대로 기절해 버렸다.

소희는 깜짝 놀랐으나 유삼정을 믿기 때문에 마음을 추스르고 그의 지시를 기다렸다.

유삼정은 손목에 차고 있는 시계의 무전기로 통신했다.

"습격이다. 대기해라."

땡~

엘리베이터가 지하 3층 주차장에 멈추더니 곧 문이 열렸다.

그 순간 엘리베이터 근처 여러 곳에 숨어 있던 남자 여섯 명이 한꺼번에 돌진했다.

그러나 엘리베이터 안에는 조금 전에 소희와 유삼정을 공격한 두 남자가 쓰러져 있고 방송 장비가 흩어져 있을 뿐 소희와 유삼정은 보이지 않았다.

손에 소음 권총을 쥐고 있는 남자들은 엘리베이터 문이 닫히지 않도록 붙잡은 채 안쪽을 살피고 바깥을 경계하면서 그중에 한 명이 무전을 보냈다.

"안소희가 사라졌습니다."

─무슨 소리야?

"엘리베이터에 첫 번째 습격조가 쓰러져 있을 뿐 안소희는 보이지 않습니다."

─이런 젠장!

무전기 저쪽에서 욕이 튀어나오더니 곧바로 명령이 뒤따랐다.

─수색해! 반드시 찾아내서 끌고 가야 된다! 알아들어?

"알았습니다!"

무리의 우두머리가 무전을 끝내자마자 부하들에게 명령을 내리려고 할 때 갑자기 여러 방향에서 일직선의 빛줄기가 번쩍거렸다.

파아앗! 스파앗!

"큭!"

"커윽!"

주차해 놓은 차량들 사이에서 쏘아온 일직선의 붉은 빛줄기 여섯 개는 여섯 명을 명중시켜 모조리 쓰러뜨렸다.

직후 차량들 사이에서 정장의 유삼정 부하 세 명이 상체를 숙이고 민첩한 동작으로 엘리베이터 앞을 향해 달려 나왔다.

"뭐야, 저거?"

승용차 뒷자리에 앉아 있는 현성진은 부하들이 엘리베이터 앞에서 한꺼번에 거꾸러지는 광경을 앞창을 통해 보고는 안색이 변했다.

승용차 안에는 현성진과 운전을 하는 부하 두 명뿐이다.

현성진은 소음 권총을 뽑아 쥐면서 급히 차에서 내렸다.

"어떻게 된 거야, 이거?"

그는 예전에도 광적으로 스토킹을 하며 납치하려다가 실패했고, 지금도 꿈에서조차 잊지 못하는 안소희를 재차 납치하기 위해 부하 아홉 명을 이끌고 방송국에 잠입했다.

그가 안소희를 납치하려는 목적은 두 가지였다.

하나는 안소희를 차지해 욕심을 채우려는 것이고, 또 하나는 안소희를 납치함으로써 다시 한번 골드핑거하고 맞붙어보고 싶어서였다.

어느 욕망이 강한지는 비교하기 어려웠다. 안소희를 차지하고도 싶고 골드핑거에게 복수도 하고 싶었다.

예전에 그는 안소희를 납치했다가 골드핑거에게 된통 당해서 경찰서에 넘겨지는 치욕을 당했다.

그렇지만 지금의 현성진은 예전의 그가 아니었다. 다섯 달 가깝게 마현가의 수련원에서 혹독하게 마현대법과 비술, 비기를 숙달하여 마고수가 된 상태였다.

저기 엘리베이터 앞에 쓰러져 있는 마졸들과는 근본적으로 다른 신분이고 실력자인 것이다.

승용차에서 내린 현성진은 한 차례 주위를 둘러보고는 엘리베이터를 향해 걸어가기 시작했다.

저벅저벅.

한 치의 흐트러짐도 없는 당당한 자세이고 걸음걸이다.

그때 걸어가던 현성진의 걸음이 뚝 멈춰 서더니 재빨리 몸을 돌려 뒤를 향해 오른손의 소음 권총을 연속 발사 했다.

큐큥! 투투충!

뒤쪽 승용차들 사이에서 모습을 드러내려던 유삼정의 부하 한 명이 급히 승용차 사이로 숨어들었고, 총탄에 맞은 승용차에 구멍이 뻥뻥 뚫렸다.

유삼정의 부하 세 명은 조금 전에 엘리베이터 앞으로 접근하던 현성진의 부하 마졸 여섯 명을 처치한 이들이다.

현성진은 그 자리에서 수직으로 솟구쳐 올랐다.

탓!

그러고는 유삼정의 부하가 숨어 있는 승용차 트렁크를 향해 날아갔다.

그때 다른 방향에서 유삼정의 다른 부하가 빠르게 모습을 나타내며 현성진을 향해 정타를 뻗었다.

비유웃!

정타에서 붉은 빛줄기가 현성진을 향해 일직선으로 뿜어졌으나 현성진은 허공에서 허리를 비틀어 피하는 것과 동시에 방금 빛줄기를 발사한 유삼정의 부하를 향해 소음 권총을 마구 발사했다.

큐큐큥!

그때 또 다른 방향에서 유삼정의 세 번째 부하가 정타를 발사하려는 순간 현성진은 승용차 트렁크에 내려서며 그를 향해 총탄을 퍼부었다.

투투투큥! 투츔!

유삼정의 부하들은 각각 다른 방향에 숨은 채 꼼짝도 하지 못했다. 현성진이 예상보다 강했기 때문이다.

특히 현성진이 내려선 트렁크 뒤쪽에 엎드려 있는 부하는 극도로 긴장한 채 피하거나 급습할 기회를 노리고 있었지만 상황이 여의치 않았다.

그때 현성진이 소음 권총을 왼손으로 쥐고 오른손으로 허리띠를 만지더니 뭔가를 쭉 뽑았다.

치잉.

그것은 한 자루 검인데 종이처럼 얇은 연검(軟劍)이었다. 얇은 데다 잘 휘어지기 때문에 평소에는 허리에 두르고 다니다가 유사시에는 검으로 사용했다.

현성진이 연검을 뽑는 순간 트렁크 뒤쪽에 있던 유삼정의 부하는 재빨리 승용차 아래로 굴러 들어갔다.

그 순간 현성진은 재빨리 연검으로 승용차 트렁크를 연달아 찍었다.

퍽! 퍽! 퍽!

140㎝ 길이의 연검이 트렁크를 뚫고 승용차 바닥으로 튀어나왔다.

현성진의 눈에서 시퍼런 빛이 쏟아졌다.

"이 새끼! 이래도 기어 나오지 않을래?"

그가 연검을 치켜들 때 유삼정의 다른 부하들이 정타를 발사하려고 했으나 그의 소음 권총이 더 빨리 불을 뿜었다.

큐큐쿵! 투쿵!

현성진은 왼손에는 소음 권총을 쥐고 경계하면서 오른손의 연검을 치켜들어 승용차를 그었다.

카가각!

순간 승용차가 횡으로 뎅경 잘렸다. 종이처럼 얇은 연검으로 쇳덩이인 승용차를 통째로 자르다니 능력이 대단했다.

그러자 그 아래 누워 있다가 움찔 놀라는 표정의 유삼정 부하의 모습이 고스란히 드러났다.

승용차가 쪼개질 때 허공으로 솟구쳤던 현성진은 바닥에 누워 있는 유삼정 부하를 향해 연검을 휘두르며 득의한 웃음을 터뜨렸다.

"이 새끼, 골통을 잘라주마!"

쐐애액!

연검이 맹렬하게 그어오자 누워 있는 유삼정의 부하는 재빨리 정타를 현성진에게 뻗었다.

현성진이 연검을 휘두르는 동작이 훨씬 더 큰데도 그가 더 빨랐다.

유삼정 부하는 정타를 발사하겠지만 연검이 자신의 몸을 자른 후가 될 테고 현성진을 맞추지도 못할 것이다.

비유웃! 비비잇!

그 순간 승용차들 사이에 숨어 있던 두 명의 유삼정 부하가 현성진을 향해 정타를 발사했다.

정타는 육박전에서 상대를 가격하는 무기로도 사용하지만 진짜는 '전기 펄스레이저'라는 빛을 뿜어내는 것이다.

직진성이 취약한 전기에 펄스레이저를 혼합하면 자유자재로 사용할 수 있으며 직선은 물론이고 반원 이상의 곡선으로 휘어지기도 한다.

정타를 사용하는 사람은 '전기 펄스레이저'의 세기를 여러 단계로 조절할 수가 있다.

강도 5에 놓으면 사람을 죽일 수도 있으며 7, 혹은 8 이상 놓으면 폭발을 일으킬 수도 있다.

스웃—

현성진의 모습이 마치 순간 이동을 한 것처럼 허공에서 측면으로 5m나 이동해 나타났다.

그는 이동을 하자마자 방금 나타난 두 명의 유삼정 부하를 향해 소음 권총을 겨누었다.

두 명의 유삼정 부하는 전기 펄스레이저로 현성진을 맞출 수 있다고 확신하여 벌떡 일어섰다가 낭패를 당했다.

뿌악!

"으헉!"

그런데 현성진이 막 소음 권총을 발사하려는 순간 그는 등 한복판에 무지막지한 충격을 받았다.

언제 나타났는지 유삼정이 발로 현성진의 등짝을 내지른 것이다.

현성진은 몸이 뒤로 꺾인 자세에서 쏜살같이 두 명의 유삼정 부하가 있는 곳으로 날아왔다.

텅! 쾅!

"크윽!"

현성진은 승용차에 모질게 부딪쳤다가 퉁겨졌다.

그 순간 두 명의 유삼정 부하가 정타를 발사했다.

비유웃!

그것으로 끝이었다. 두 줄기, 전기 펄스레이저에 적중된 현성진은 바닥에 떨어져 몸을 푸들푸들 떨다가 잠잠해졌다.

마현가 수련원을 수료하여 자신에게 새로운 보직이 주어지자마자 제일 먼저 한 일이 안소희를 납치하는 것이었는데, 현성진에겐 그것이 처음이자 마지막 일이 되고 말았다.

현성진은 어느 밀폐된 장소의 차가운 돌바닥에 뺨을 댄 채 기절해 있다가 정신을 차렸다.

세 평 크기의 감옥 같은 곳이며 벽 아래에 간이침대가 있고 구석에 칸막이로 가려진 변기가 있었다.

"우움."

현성진은 두 손으로 바닥을 짚고 일어서 정면의 굳게 닫힌 철문으로 걸어갔다.

철문 위는 손바닥 두 개 크기의 유리가 막혀 있지만 그곳으로 밖은 보이지 않았다. 밖에서는 안이 보이지만 안에서는 밖이 보이지 않는 유리였다.

현성진은 철문에 어깨를 부딪쳐 보았다.

쿵, 쿵!

끄떡도 하지 않았다.

감옥 가운데로 걸어가면서 자신의 몸을 살펴보았지만 특별히 다친 곳은 없었다.

그는 감옥 안을 샅샅이 살펴보고 도저히 빠져나갈 방법이 없다는 걸 알고서야 침대에 앉았다.

'도대체 뭐 하는 놈들이지?'

현성진은 자신의 실력이 꽤 대단하다고 생각했는데 안소희를 경호하는 자들에게 어이없이 당하자 도저히 믿어지지 않았다.

'놈들을 너무 얕봤어.'

그는 잘근잘근 입술을 깨물고 주위를 둘러보다가 침대 너머의 벽을 만져보았다.

벽돌인 것 같은데 힘을 모아서 주먹으로 세게 치면 뚫어질 것 같았다.

그는 마현가 수련원에서 마현대법을 통해 보통 사람보다 5~6배 정도 강력한 힘을 갖게 되었다.

그렇기 때문에 힘을 주먹에 집중해서 때리면 벽돌 두어 장쯤은 가볍게 박살 난다.

조금 전에 철문을 어깨로 부딪쳐 봤는데 그것도 온 힘을 모아서 부딪치면 철문이 떨어져 나갈 것 같았다.

철컹!

그때 철문 밖에서 누군가 철문을 여는 소리가 났다.

현성진은 벽이나 철문을 부수고 나가려던 계획을 수정했다.

이제 곧 안으로 들어오는 놈을 때려눕히고 나가는 게 훨씬 좋을 것 같았다.

그긍!

철문이 열리고 간편한 복장의 젊은 청년 한 명이 성큼성큼 안으로 걸어 들어왔다.

'겨우 한 명?'

현성진은 코웃음을 쳤다. 자신 같은 실력자를 겨우 한 명이 상대하러 왔다는 게 가소로웠다.

"일어나라."

청년의 신분을 정확하게 말하면 팔대호신가 유도가의 삼정, 즉 유도삼정 휘하 행동대원으로 유삼대원이라고 부른다.

유삼대원은 현성진에게 걸어오다가 중간에 멈추고 고개를 까딱거리면서 불렀다.

현성진은 침대에 앉아서 유삼대원을 빤히 쳐다볼 뿐 움직이지 않았다.

유삼대원이 딱딱한 얼굴로 재차 명령했다.

"일어나라."

그래도 현성진이 일어나지 않자 유삼대원은 그에게 가까이 다가갔다.

"일어나라고 했다."

유삼대원은 현성진 두 걸음 앞에서 그에게 손을 뻗었다.

슉!

순간 현성진이 유삼대원의 사타구니로 재빨리 발을 뻗었다.

그러나 유삼대원이 슬쩍 반걸음 물러나자 현성진은 헛발질을 하고 말았다.

더구나 균형을 잃은 현성진은 침대 아래로 굴러떨어졌다.

쿵!

그 순간 그는 뭔가 잘못됐다는 사실을 느꼈다. 자신이 헛발질을 할 리가 없거니와 헛발질을 했다고 균형을 잃고 쓰러질 리도 없다.

척!

그때 유삼대원이 현성진의 어깨를 잡고 일으켰다.

"으으……."

현성진은 유삼대원이 잡은 어깨가 찢어지는 것 같은 통증을 느끼고 신음을 흘렸다. 더구나 그는 가만히 있는데 저절로 몸이 일으켜졌다.

현성진은 이대로 당하고 있을 수만은 없다는 생각에 주먹으로 냅다 유삼대원의 옆구리를 찍었다.

퍽!

이 정도 세기로 가격했으니 유삼대원은 내장이 터져서 즉사하거나 중상을 입고 거꾸러져야 한다.

그런데 유삼대원은 끄떡도 하지 않고 현성진의 어깨를 잡은 손에 힘을 조금 더 주었다.

"장난치지 마라."

현성진은 회심의 일격을 날렸는데 유삼대원은 그걸 장난치는 것으로 느꼈나 보다.

현성진은 더 이상 도발하지 않았다. 자신의 모든 능력이 깡그리 사라졌다는 사실을 깨달았기 때문이다.

엘리베이터를 타고 위로 몇 층이나 올라간 현성진은 어느 사무실 같은 곳으로 들어갔다.

유삼대원은 그곳에 있는 유삼정, 즉 유도삼정주에게 현성진을 인계하고 공손히 물러갔다.

현성진은 아무 생각도 하지 않고 머리가 텅 빈 상태로 유삼정에게 이끌려 사무실 안쪽의 또 다른 사무실로 향했다.

그는 단지 안소희를 납치하려고 했을 뿐인데 자신이 이 지경이 된 것을 아무리 생각해도 이해할 수 없었다.

그저 자신이 어떤 오해 때문에 이상한 사건에 휘말려 대단한 조직에 제압됐을 거라고만 추측할 뿐이다.

그러니까 책임자를 만나서 자신이 오해로 인해서 붙잡혀 온 것이라고 설명하면 풀려날 것이라고 기대했다.

풀려난 이후 부하들을 이끌고 다시 이곳에 쳐들어와 깡그리 죽여 버릴 생각이다.

그는 지금 자신을 데려가고 있는 유삼정이 아까 방송국 지하 주차장에서 자신의 등을 걷어찬 사람이라는 사실을 까맣게 모르고 있었다.

척!

사무실 문을 연 유삼정이 공손히 허리를 굽혔다.

"데려왔습니다."

그러고는 현성진을 사무실 안으로 밀어 넣고 문을 닫았다.

탁.

사무실로 들어선 현성진은 몇 걸음 떠밀리듯이 들어가다가 누군가를 발견하고는 우뚝 걸음을 멈추었다.

'저놈, 골드핑거……'

소파에 이쪽을 향해 앉아서 느긋하게 커피를 마시고 있는 골드핑거를 발견한 것이다.

"이 새끼……!"

현성진은 자신의 처지도 잊은 채 골드핑거를 향해 몇 걸음 빠르게 다가가며 인상을 썼다.

그러자 골드핑거 뒤에 서 있던 오일정 오영민이 걸어오더니 아주 가볍게 현성진의 복부를 걷어찼다.

퍽!

현성진은 오영민의 발이 자신의 복부를 향해 날아오는 것을 뻔히 보았고 그것을 충분히 피할 수 있을 것이라고 여기면서도 걷어차였다.

"끄으으……."

현성진은 그 자리에 털썩 주저앉았다가 옆으로 누워 버렸다.

"끄으윽, 끄윽……."

명치를 정확하게 걷어차인 탓에 숨을 쉬지 못하고 꺽꺽거렸다. 숨을 쉬지 못하니 이대로 죽을 것만 같고 입에서는 게거품이 흘러나왔다.

"앉혀라."

선우의 말에 오영민이 손바닥으로 현성진의 등을 가볍게 한 대 쳤다.

탁!

단지 그것뿐인데 현성진은 갑자기 숨통이 뻥 뚫리는 것을 느끼고 미친 듯이 숨을 몰아쉬었다.

"하아악! 학학!"

오영민은 현성진의 어깨를 한 손으로 번쩍 들더니 선우 맞은편 소파에 내려놓았다.

현성진은 점차 호흡이 편해지고 고통이 사라졌지만 함부로 행동하지 못했다.

그는 편협한 성격 때문에 골드핑거에 대한 복수심과 안소희에 대한 소유욕은 있을지언정 방금 전처럼 얻어맞으면서까지 골드핑거에게 대들 배짱 같은 것은 없는 위인이었다.

선우는 씁쓸한 표정으로 현성진을 쳐다보았다.

"현성진."

현성진은 아무 말도 하지 못하고 선우를 바라보았다.

"아직도 정신을 차리지 못했느냐?"

"나한테 무슨 짓을 한 거지?"

현성진이 불쑥 물었다. 전혀 의도하지 않았는데 어떻게 할 새도 없이 튀어 나갔다.

"능력을 없앴다."

선우의 대답에 현성진이 발끈했다.

"네놈이 뭔데 마음대로……!"

사실은 선우가 어떻게 능력을 없앤 것인지 믿지 말아야 하는데도 현성진은 그의 말을 그대로 믿었다.

선우, 아니, 골드핑거에 대해 은연중에 공포심을 지니고 있었기 때문이다.

선우는 조용히 타일렀다.

"너는 그냥 조용히 살아야 했다."

"이놈……!"

"수련원에서 나오자마자 소희를 납치하려고 한 것은 스스로 무덤을 판 행동이다."

현성진은 움찔 놀랐다. 그가 수련원에 갔었다는 것과 거기에서 나온 지 며칠 되지 않은 것을 선우가 어떻게 알고 있다는 말인가.

선우는 준엄한 표정을 지었다.

"너는 이제부터 10년 동안 사회와 격리되어 살아야 한다."

"너, 내가 수련원에 갔던 것을 어떻게 알았냐?"

현성진은 선우가 말한 '10년 동안 사회와 격리되어 살아야 하는' 것에 대해서는 관심이 없는 것 같았다.

"네가 마현가 사람이라는 게 무슨 비밀이냐?"

"어?"

현성진은 놀라서 눈을 커다랗게 떴다.

"너에게 물어볼 게 있다. 너는 레미에 보직을 받았느냐? 그렇다면 무슨 직급이냐?"

현성진은 아연실색했다. 그가 보기에 선우는 마현가에 대해서 모르는 게 없는 것 같았다.

레미는 마현가의 숨은 힘인 군사 조직 레드아미(RedArmy)를 줄인 말이다.

선우는 마현가의 현사임과 현장곤, 그리고 대통령 비서실장인 현도일에게서 꽤 많은 비밀을 알아냈으며 그중에는 마현가의 군사 조직 레미와 경제 조직인 엠파이어에 대한 것도 있었다.

마현가의 실질적인 힘은 레미이고 엠파이어는 레미를 지탱하는 조직이다.

또한 레미는 대한민국을 비롯한 세계 여러 나라의 군부 핵심 세력을 장악하고 있으며, 마현가의 방계 젊은 층이 레미의 지휘부를 형성하고 있다는 사실까지 알아냈다.

말하자면 마현가의 마고수와 마전사, 마졸이 레미를 통솔하고 있는 것이다.

현사임과 현장곤, 현도일은 마현가 국내의 지휘부에 속해 있기 때문에 레미나 엠파이어하고는 직접적인 연관이 없는 것으로 밝혀졌다.

현성진은 마현가 수련원에서 교육을 받는 과정에 레미와 엠파이어에 대해서 조금 알게 되었으며, 교육과 훈련을 완전히 수료한 후에야 대략적인 것들을 습득했다.

그런데 지금 선우의 말을 들으니 그는 마현가 사람인 현성진보다 더 많은 것을 알고 있는 듯했다.

선우는 커피를 한 모금 마시고 나서 다시 물었다.

"너는 레미 국내 조직의 어떤 지역을 맡게 됐느냐?"

현성진은 해머로 머리를 몇 대 얻어맞은 것처럼 제정신이 아니었다.

"너… 도대체 누구냐?"

"아무래도 말할 생각이 없는 것 같군."

말과 함께 선우는 물끄러미 현성진의 눈을 쳐다보았다.

현성진은 헝클어진 눈빛으로 선우를 쳐다보면서 재차 물었다.

"너, 누구기에 우리에 대해서 그렇게……."

그렇지만 현성진은 말을 끝내지 못하고 눈빛이 흐리멍덩하게 변했다.

선우의 최면에 걸린 것이다.

현성진은 최면이 풀어지지 않은 상태에서 지하실의 어느 방으로 들여보내졌다.

쿵!

등 뒤로 철문이 닫히자 현성진은 그 자리에 우두커니 서 있을 뿐 아무런 행동도 취하지 않았다.

"성진아!"

방 안에 있던 두 사람이 놀라서 현성진에게 다가왔다.

두 사람은 현성진의 고모와 삼촌인 현사임과 현장곤이었다.

이곳은 스포그가 운영하는 지하 감옥이며 전적으로 마현가 사람들만 감금하기 위해서 지어졌다.

지하 3층에서 6층까지가 지하 감옥 시설이며 현사임, 현장곤 남매가 있는 곳은 마치 지상의 여느 30평형대 아파트 같은 구조에 TV도 시청할 수가 있었다.

인터넷은 되지 않으며 각종 식자재를 넣어주므로 이곳에서 직접 요리를 해서 식사를 해결해야 한다.

마현가의 능력이 깡그리 제거된 현사임과 현장곤은 그나마 일반 교도소보다는 좋은 시설인 이곳에서 지난 몇 달 동안 살아왔다.

최면에서 풀린 현성진은 눈앞에 서 있는 두 사람을 발견하고는 크게 놀랐다.

"고모… 삼촌……."

이제 현성진은 골드핑거가 누구인지 알게 될 것이다.

선우는 분당 서현동에 위치한 M&N 통신 본사에 들렀다.

35층과 30층 두 동의 건물로 이루어진 M&N 통신 본사는 국내 1위의 통신사이지만 사실 스포그 커맨드 사령탑이다.

35층의 M타워는 통신 시설과 M&N의 사원들이 근무하지만 30층인 N타워는 스포그 커맨드 총지휘부이다.

커맨드 내의 회의실에 선우가 앉아 있으며, 그의 앞에는 대형 화면에 서울 시내 전체가 위성 뷰로 나타나 있고, 커맨드 요원들이 화면을 가리키며 설명하고 있다.

선우 옆에는 혜주가 나란히 앉아 있고 뒤에는 오일정 오영민이 서 있으며 옆에는 스포그 커맨드 총책임자인 커맨더 민영가의 제1별주 민태호가 서 있다.

민태호는 혜주 작은할아버지의 아들로 5촌 당숙부이며 방계 혈족이다.

민영가는 직계가 혜주 한 명뿐이어서 전부 친할아버지 형제들의 자손인 방계 혈족으로 이루어져 있다.

스포그 커맨드는 민영가에서 관리, 담당하고 있으며 제1별주가 커맨더이고 그의 형제와 자식들이 간부급이다.

"여기까지가 대한민국에 분포해 있는 마현가의 주요 거점과 지부들의 위치와 규모입니다."

이윽고 커맨드 요원이 브리핑을 마치고 선우에게 공손히 허리를 굽혔다.

선우는 이곳에 와서 두 시간 동안 그동안 커맨드가 수집한 정보들에 대한 최종 브리핑을 받았다.

선우는 대통령 비서실장 현도일을 납치해서 최면을 걸어 매우 중요한 정보를 알아냈다.

10월 1일이 마현가의 디데이라는 사실이다.

바로 그날 마현가는 남북한을 통일한다.

모든 준비는 끝났으며, 단 하나, 대한민국 대통령이 남북통일을 찬성하는 일만 남았다.

이후 마현가는 자신들이 군부를 장악한 12개 국가를 전복하여 남북한이 통일된 단일국가, 가칭 대한민국과 동맹을 맺고 늦어도 2년 이내에 역사상 유례가 없는 규모의 대연합국을 발족한다는 것이다.

대통령 비서실장 현도일이 알고 있는 것은 거기까지였고 더 자세한 내용은 몰랐다.

다만 그는 마현가가 대한민국 현직 대통령을 마현가 사람으로 끌어들이는 일에 착수할 것이라고 말했다.

선우는 두 시간에 걸쳐서 브리핑을 받았지만 마현가가 남북한을 통일할 거라는 단서는 어디에서도 발견하지 못했다.

그가 일부러 시간을 내서 현성진을 직접 심문한 것이나 스포그 커맨드까지 와서 브리핑을 받은 이유는 마현가의 10월 1일 디데이와 연관되는 것을 찾아내기 위해서였지만 뜻을 이루지는 못했다.

'대체 어떻게 남북한을 통일한다는 말인가?'

그게 첫 단추이다.

마현가는 첫 단추를 끼워 맞춘 다음, 세계 12개 국가와 동맹을 맺고 2년 이내에 사상 초유의 대연합국을 건설한다는 계획이다.

대한민국과 조선민주주의인민공화국이 전격적으로 통일을 하는 일은 말처럼 쉬운 일이 아니다.

그런데 지금으로선 남북한이 전쟁을 통해서 통일이 되는 것인지 아니면 남북한 지도부의 합의에 의한 통일인지도 짐작할 수가 없는 상황이다.

선우가 골똘하게 생각에 잠겨 있자 아무도 입을 열거나 움직이지 못한 채 실내는 침묵에 빠져들었다.

오늘이 9월 2일이니까 10월 1일까지는 29일 남았다.

그때 혜주가 조용한 목소리로 입을 열었다.

"아빠하고 의논해 보는 건 어때?"

민태호는 민영가주인 혜주가 재신에게 반말을 하는 것을 보고는 까무러칠 정도로 놀랐다.

"정필 형님?"

"그래, 아빠를 통해서 북한 내부에 무슨 변화가 있는지 알아보는 거야."

조금 전에 끝난 브리핑에서는 대한민국이나 북한의 군사적인 특이한 움직임은 거의 없었다.

만약 남북한이 전쟁을 통해서 통일이 될 것이라면 양쪽 군부의 움직임이 평소하고는 달라야만 하는데, 전혀 그렇지 않다는 것은 남북한 통일이 군사적인 행동을 통해서 이루어지지는 않을 것이라는 뜻이다.

그렇다면 이것은 남북한의 지도자들이 전격적으로 통일에 합의를 해야만 가능한 얘기이다.

선우는 무릎을 쳤다.

탁!

"그거 좋다!"

정필은 북한통이니까 그를 통한다면 북한 내부 지도층에서 뭔가를 알아낼 수도 있을 것이다.

선우는 민태호를 불렀다.

"커맨더."

"말씀하십시오."

"지금부터 북한의 일거수일투족을 놓치지 말고 체크하세요."

"알겠습니다."

스포그에는 여러 목적의 인공위성이 30개 이상 우주에 떠 있는 상태이다. 그걸 이용하면 북한 내부를 손금처럼 들여다 볼 수 있었다.

재신저로 돌아가는 길에 혜주는 내일 아침 중국 연길행 항공권을 예약했다.

이번 일은 매우 중대하기 때문에 선우가 직접 연길에 가서 정필을 만나기로 했다. 물론 혜주도 같이 간다.

"삼촌."

벤틀리 뮬산 뒷자리에 나란히 앉아 있는데 혜주가 선우를 조용히 불렀다.

"응?"

선우는 휴대폰의 메일을 검색하면서 대답했다.

"저기······."

혜주가 그녀답지 않게 머뭇거리자 선우는 그녀를 쳐다보았다.

"왜?"

그런데 혜주는 선우와 눈을 마주치지 않고 창밖을 바라보고 있었다.

"황조연하고 황아미 말이야."

황조연은 재신의 여자들, 즉 팔대호신가에서 선발되어 선우의 아이를 잉태하려는 여자들의 모임인 미가의 가주이고 황아미는 그녀의 동생이다.

"그녀들··· 임신했어."

"······."

순간 선우는 머리를 한 대 얻어맞은 것 같은 충격을 받았다.

그와 섹스를 하여 정액을 받은 여자들이 임신했다는 사실이 선우에게 왜 이렇게 충격적인지 모를 일이다.

"그리고······."

혜주의 말에 선우는 바짝 긴장했다. 황조연과 황아미 말고 또 누가 임신을 했을 것이라는 짐작 때문이다.

"샤론도 임신했어."

"뭐, 뭐야?"

선우는 머리카락이 모조리 쭈뼛 곤두설 정도로 놀랐다.

샤론과 에일린은 순전히 선우의 신혈 때문에 어쩔 수 없이 섹스를 한 케이스이다.

그런데 이제 겨우 열일곱 살짜리 샤론이 임신을, 선우의 아이를 가졌다고 하니 거품을 물고 졸도할 일이다.

단지 그의 페니스가 그녀들의 음부에 삽입되는 것만으로 치료가 가능했다면 콘돔을 썼을 것이다.

그렇지만 그게 아니었다. 치료제는 선우의 정액이므로 그것이 샤론의 자궁으로 주입되어 치료를 했을 뿐만 아니라 임신까지 시킨 것이다.

"하아……!"

선우 입에서 저절로 한숨이 흘러나왔다. 막막하고 정신이 하나도 없었다.

"또… 누가 임신했어?"

혜주가 고개를 숙였다.

"나."

선우는 움찔 몸이 굳어 혜주를 쳐다보았다.

혜주는 귀와 목덜미까지 새빨개져서 고개를 푹 숙인 채 무릎에 놓인 노트북만 만지작거렸다.

황조연과 황아미, 샤론은 딱 한 번씩 섹스를 했지만 혜주는 여러 차례 했다.

혜주에 대해서만은 의무감이 아니라 감정, 즉 사랑이 작용했기 때문이다.

혜주가 임신을 했다.

그건 또 다른 느낌으로 선우를 휘감았다. 혜주는 서른네 살로 선우보다 열 살이나 많은데 그녀가 선우의 아이를 임신했다니 감회가 남다를 수밖에 없다.

황조연과 황아미의 임신은 축하할 일이다. 그리고 선우는 그녀들에게 의무를 다했다는 느낌 말고는 없다.

샤론에겐 그저 한없이 미안할 따름이다. 몸은 성숙하다고 해도 그 어린것과 섹스를 하고 그녀가 아파하면서 순결의 피를 철철 흘린 것을 보고 선우는 아무 생각도 들지 않고 오로지 미안함만 가득했었다.

그렇지만 혜주는 다르다. 혜주에겐 사랑을 느끼고 있으며 그녀를 아내이며 누나이고 어머니처럼 여기고 있다.

지금까지는 몰랐는데 혜주가 임신을 했다는 사실에 선우는 놀라면서도 벅찬 감동을 느꼈다.

"혜주야."

선우는 손을 뻗어 혜주의 허벅지에 얹었다.

혜주가 선우를 바라보았다.

"나는 기쁘면서도 두려워."

"뭐가 두렵지?"

"엄마가 된다는 것이……."

선우는 손을 뻗어 혜주의 배를 만졌다.

"나도 이 아이의 아버지가 된다는 사실이 두려워. 그렇지만 기쁜 마음이 더 커."

"기뻐?"

"그럼 기쁘지."

혜주는 선우가 진심으로 기뻐하는 모습을 보고 마음이 크게 놓였다.

"이 아이는 너하고 내가 둘이서 키울 거야."

선우의 말에 혜주는 깜짝 놀랐다.

"그게 무슨 말이야? 나는 민영가주야. 삼촌의 아이를 임신하면 그것으로 끝이라고."

선우는 그윽하게 혜주를 바라보았다.

"그러기를 원해?"

"……."

"나하고의 관계를 이대로 끝내고 너 혼자 아이 키우기를 원하는 거야?"

혜주의 얼굴에 쓸쓸함이 떠올랐다.

"그게 신강가의 법칙이야."

사실 혜주가 임신을 두려워한 진짜 이유는 임신을 했기 때문에 더 이상 선우하고 친밀한 관계, 즉 육체관계를 이어갈 수 없게 되는 것이었다.

남녀 관계는 섹스만 있는 것이 아니다. 섹스는 사랑하는 남녀 관계에서 일부분을 차지할 뿐이다.

그래서 선우가 둘이서 아이를 키우자고 했을 때 혜주는 너무 기뻐서 가슴이 터질 것만 같았다.

"너는 아직 대답하지 않았어."

"나는……."

혜주는 다시 노트북을 만지작거렸다. 평소 솔직하고 직선적인 그녀답지 않은 모습이다.

"나를 보고 말해."

혜주는 선우를 바라보며 눈을 깜빡이더니 입술을 한 번 깨물고 용기를 내서 말했다.

"나 삼촌이랑 죽을 때까지 살고 싶어. 이제 삼촌 없으면 살 수 없어."

선우는 팔을 뻗어 혜주의 어깨를 감싸 안아주었다.

"그렇게 하자."

"그게 가능해?"

"내가 누구냐?"

혜주는 고개를 들고 그를 바라보았다.

선우는 빙그레 미소 지었다.

"나는 신강가의 재신이야. 내가 바로 법이지."

선우의 말이 맞다. 그는 신강가의 재신이기에 법은 고치면 되는 것이다.

선우는 혜주의 뺨을 쓰다듬었다.

"너는 아무 걱정 하지 마. 알았지?"

"응."

혜주는 여자의 행복이 이런 것이라는 사실을 난생처음 깨달았다.

얼마 전까지만 해도 그녀의 최고 행복은 선우하고 섹스를 하면서 오르가즘에 도달했을 때라고 생각했는데 그게 아닌 것 같았다.

세상을 다 가진 것 같은 이 포근한 느낌은 오르가즘하고는 비교가 되지 않았다.

선우는 부드럽게 혜주의 입술을 빨았다.

혜주는 행복감이 더욱 고조되는 것을 느끼면서 몸을 떨며 그에게 매달렸다.

재신저에 돌아온 선우는 여자들을 불러 모았다.

재신저 근처의 저택에서 샤론 자매와 함께 살고 있는 그녀들의 부모도 불렀다.

넓고 화려한 거실의 원형 소파에 선우와 혜주, 미아, 소희, 샤론, 에일리, 그리고 샤론 자매의 부모가 둘러앉았다.

샤론 자매와 미아, 소희는 평소에 방송 활동을 하면서 서로 안면이 있었지만 이곳 재신저에 온 이후로 가까워져 친자매처럼 지냈다.

선우가 한 달 만에 돌아왔기 때문에 모두들 반가워서 어쩔 줄 모르는 표정이 얼굴에 가득하다.

"할 말이 있습니다."

샤론 부모님이 있기 때문에 선우는 존대를 했다.

샤론 부모는 선우의 신분에 대해서 혜주에게 자세히 들었다.

혜주로선 길게 설명할 필요 없이 딱 한마디만 하면 족했다.

선우가 K.Sun이라고만 했다.

세계 제일 부호 K.Sun 말이다.

그러므로 샤론 부모나 샤론 자매가 원하는 것이라면 무엇이든 들어줄 수 있다고 했다.

샤론 부모는 샤론 자매와 상의한 후 샤론네 가족이 모두 선우와 함께 살았으면 좋겠다고 했고 그대로 이루어졌다.

지금 샤론 가족이 살고 있는 저택은 시가 150억 원에 달하며, 총 열 대의 최고급 차량, 경호원, 하녀가 총 스무 명이나 되는 초호화 생활을 누리고 있다.

샤론 부모가 가장 원하는 것은 딸들의 행복이다.

그런데 샤론과 에일린이 선우와 떨어져서는 살 수 없는 상황이 되었고, 또 그녀들이 선우를 몹시 사랑하고 있으므로 재신저에 들어가서 함께 사는 길을 선택한 것이다.

샤론 자매의 아빠 하먼 켈리는 그가 원하는 대로 스포그 산하의 작은 기업체 하나가 주어졌다.

하먼 켈리가 사장으로 재직하게 된 기업체는 꽤 탄탄한 광고 회사로 그의 전공을 십분 발휘할 수 있는 곳이다.

혜주가 선우의 말을 이었다.

"신약이 개발됐어요."

혜주는 거두절미하고 본론을 얘기했다.

그녀는 조그만 약병을 엄지와 검지로 잡고 모두에게 보여주면서 말했다.

"이 약을 한 달에 한 번 주사하면 아프지 않고 건강하게 살아갈 수 있어요."

모두들 놀라서 혜주가 쥐고 있는 약병을 주시했다.

"이 약을 12병 드리면 한 달에 한 번씩 주사하고 일 년 후에 다시 약을 보내주겠어요."

혜주는 약병을 손바닥에 올려놓았다.

"이제 여러분은 재신저를 떠나서 자유롭게 사회생활을 할 수 있게 될 거예요."

30분 후, 모두들 다시 거실에 모였다.

미아와 소희, 샤론 가족은 30분 동안 깊이 생각하고 또 의논했다.

제일 먼저 소희가 단호한 표정으로 말했다.

"저는 떠나지 않겠어요."

소희의 말이 끝나기가 무섭게 미아가 거의 소리 지르는 것처럼 말했다.

"저도 남겠어요!"

언제나 순하고 침착한 그녀지만 지금은 단호하기 짝이 없는 표정으로 선우를 주시했다.

선우는 소희와 미아가 재신저에 남겠다고 결정한 것이 반갑지만은 않았다.

그녀들의 창창한 앞날을 자신이 가로막고 있다고 생각하기 때문이다.

그녀들은 오로지 선우를 사랑한다는 이유만으로 남기를 결정했지만 선우로서는 그녀들이 원하는 사랑을 다 채워주지 못할 것이 분명했다.

선우는 소희와 미아가 떠나지 않을 것이라고 예상했다. 사는 장소만 재신저일 뿐이지 사회생활이나 연예인으로서의 활동은 자유롭기 때문이다.

샤론이 선우에게 시선을 고정시킨 채 말했다.

"저도 여기에서 살겠어요. 선우 오빠를 떠나서는 하루도 살수가 없어요."

선우는 자신의 아이를 임신한 열일곱 살의 샤론을 씁쓸한 표정으로 바라보았다.

샤론의 아버지 하먼이 말했다.

"에일린은 떠나기로 했습니다."

에일린은 소리 죽여 울고 있었다.

하먼은 한국인 아내 이선정의 어깨를 팔로 감쌌다.

"우리 부부와 에일린은 캐나다로 돌아갈 겁니다. 그리고 우린 샤론의 결정을 존중합니다."

하먼은 선우를 보면서 정중히 고개를 숙였다.

"선우 씨, 샤론을 잘 부탁합니다."

선우는 안쓰럽게 샤론을 쳐다보았다.

"샤론, 가족을 떠나서 살 수 있겠니?"

샤론은 씩씩하게 대답했다.

"새 가족이 있으니까 괜찮아요."

새 가족이란 선우와 소희, 미아, 그리고 재신저 사람들을 가리키는 말이다.

샤론은 선우가 아무 말이 없자 겁먹은 표정으로 일어나 두 팔을 벌려 보였다.

"오빠, 절 내쫓지 말아요. 저는 오빠 없으면 죽어요. 그리고 저 임신했어요."

그녀의 말에 소희와 미아가 깜짝 놀랐다. 샤론이 임신했다는 말을 처음 듣는 것이다.

샤론은 선우에게 다가가 그의 옆에 앉아 손을 잡으며 눈물을 흘렸다.

"절 내쫓으면 혼자서 아기를 낳아 키우겠어요."

선우는 그녀를 물끄러미 바라보다가 팔을 뻗어 말없이 어깨를 감쌌다.

샤론은 그의 품에 안기면서 울음을 터뜨렸다.

"오빠, 고마워요. 사랑해요."

한 달 만에 선우와 밤을 보내게 된 소희와 미아는 어느 때보다도 격렬하게 섹스를 즐겼다.

두 여자는 지난번에도 둘이서 같이 선우를 상대하더니 오늘 밤에도 예외 없이 둘이서 선우를 공격했다.

무르익어서 터질 것만 같은 두 여자는 이제 섹스의 참맛을 알게 되어 부끄러움이나 망설임도 없이 선우를 쓰러뜨리고 그의 온몸을 애무했다.

"오빠, 힘들어요?"

쌔근거리며 소희가 물었다.

두 여자는 선우 양쪽에 누워 그의 팔베개를 하고 있다.

"힘들긴."

"그럼 한 번 더 해요."

한 시간에 걸쳐서 소희와 미아에게 고루 사정을 했으며, 두 여자 다 진저리를 칠 정도로 만족했으면서도 앙큼한 소희는 욕심을 부렸다.

"할 일이 있어."

선우는 자신들도 임신시켜 달라고 보채는 소희와 미아를 겨우 떼어내고 잠옷 차림으로 방을 나섰다.

내일 아침 중국 연길로 출발하기 때문에 오늘 재신저에서 자는 혜주와 함께 밤을 보낼 생각이다.

그렇지만 선우는 혜주에게 문전박대를 당했다.

"삼촌, 샤론한테 가."

"왜?"

혜주는 선우를 방에 들여보내 주지도 않았다.

"삼촌, 감정이 없어? 목석이야?"

"무슨 소리야?"

"샤론한테 가보면 알아."

혜주는 선우의 등을 떠밀고는 문을 닫아버렸다.

선우는 샤론한테 가서야 혜주의 깊은 뜻을 깨달았다.

밤 12시가 넘었는데도 샤론은 자지 않고 있었으며, TV를 보거나 책을 읽지도 않고 창가 의자에 두 발을 올리고 앉아 두 팔로 다리를 꼭 끌어안은 채 창밖만 하염없이 내다보고 있었다.

샤론의 얼굴에는 너무도 슬픈 표정이 칼로 새긴 것처럼 생생하게 떠올라 있었다.

그녀는 40일쯤 전 호텔에서 선우와 처음으로 섹스를 했다. 그때 그녀는 처녀를 잃었으며, 신혈로 인해서 곧 죽을 것처럼 아프던 고통이 씻은 듯이 나았다.

그러고는 가족과 상의하여 재신저에 들어와서 살았는데, 이후 선우와 한 번도 관계를 갖지 않았다.

40일 전에 처음 섹스를 했기 때문에 지금 샤론은 조금씩 몸이 아프기 시작하는 중이다.

주사를 맞기만 하면 앞으로 한 달 동안 아무런 고통 없이 지낼 수 있지만 샤론은 주사 맞는 것을 거부했다.

샤론은 선우의 사랑을 원했다. 아니, 갈망했다. 아직 섹스가 무엇인지 모르는 나이이고 몸이지만 주사가 아닌 그의 사랑으로 고통이 사라지기를 원했다.

이제 며칠 있으면 언니 에일린과 부모가 캐나다로 떠나고 샤론 혼자 남게 될 텐데 그녀는 남기로 한 자신의 선택이 옳았기를 빌었다.

뺨이 축축해서 만져보니 눈물이 흐르고 있다.

"흑……!"

갑자기 걷잡을 수 없이 서글픔이 몰려왔다. 지금 내가 여기에서 무엇을 하고 있는 것인지 모르겠다는 생각이 불쑥 들었다.

그런데 그때 누군가 그녀의 머리를 만졌다. 깜짝 놀라서 돌아보니 거기에 선우가 서서 다정한 눈빛으로 그녀를 바라보며 머리를 쓰다듬고 있었다.

"아, 오빠……."

샤론은 얼마나 상심하고 있었으면 선우가 들어오는 것도 모르고 있었다.

선우는 혜주에게 떠밀려서 샤론에게 왔지만 그녀를 보는 순간 혜주가 왜 그랬는지 즉시 깨달았다.

샤론이 창가 의자에 무릎을 끌어안은 채 앉아 쓸쓸히 창밖을 내다보고 있는 모습을 보는 순간 심장을 손으로 힘껏 움켜쥐는 것 같은 느낌을 받았다.

재신저의 여자들 중에서 샤론이 제일 어리다. 어리다는 것은 그만큼 세상 경험이 없고 마음이 여려서 똑같은 크기의 아픔이라고 해도 어른들보다 몇 배 더 대미지를 받을 것이다.

어른들에게는 아무것도 아닌 일 때문에 사춘기 소녀들은 스스로 목숨을 끊기도 하는 이유가 바로 그것이다.

선우는 자신을 돌아보며 놀라고 있는 샤론이 울고 있다는 사실을 그때 알게 되었다.

"샤론아."

선우의 다정한 목소리에 샤론은 와락 울음을 터뜨리며 그의 품으로 파고들었다.

선우는 샤론이 울보라는 사실을 새롭게 알게 되었다.

침대 위에서 서로 사랑을 나누면서도 샤론은 선우의 품속에서 울고 또 울었다.

선우가 아파서 우느냐고 물으니 샤론은 그의 품속으로 더 깊이 파고들며 흐느꼈다.

"행복해서요. 너무 행복해서… 참을 수가 없어요."

선우는 샤론을 사랑하게 될 것만 같았다.

다음 날 아침, 선우와 혜주는 김포공항에서 연길행 비행기에 탑승했다.

마현가가 대통령을 끌어들이려고 무슨 짓을 할지 모르지만 지금으로선 북한 지도부의 동향을 알아내는 것이 더 급했다.

북한 지도부 쪽을 막을 수만 있다면 설사 마현가가 대한민국 대통령을 제 편으로 끌어들인다고 해도 마현가의 음모를 저지할 수 있을 것이다.

청와대에 신강가 사람이 한 명 있기는 하다. 대통령 민정수석이며 황림가 방계 혈족으로 황종서라고 하는데 청와대에 들어가 있는 신강가 사람 네 명 중에서 제일 지위가 높다.

황종서가 청와대와 대통령의 근황을 수시로 체크하여 매일 스포그에 보고하고 있었다.

선우와 혜주가 연길에 간다고 정필에게 미리 연락해 두었기 때문에 연길공항에 도착하면 누군가 마중을 나와 있을 것이다.

"마현가가 북한 지도부를 어떻게 한 걸까?"

창 쪽에 앉은 혜주가 꼭 잡고 있는 선우의 손등을 쓰다듬으면서 물었다.

"셋 중의 하나일 거야."

"그게 뭔데?"

"하나는 김정은 최측근에 마현가 사람들을 심어서 김정은을 회유했을 가능성이고."

"가능한 일이야."

북한 상황에 대해서 많은 생각을 한 선우는 막힘없이 설명했다.

"또 하나는 김정은을 죽였을지도 모른다는 거야."

"김정은을 죽여?"

선우는 고개를 끄떡였다.

"그래. 김정은을 죽인 다음 꼭두각시를 최고 지도자로 대신 앉혔거나 공석으로 비워둔 상태라는 거지."

이번에는 혜주가 고개를 끄떡였다.

"충분히 가능해. 세 번째는?"

"김정은을 해외로 빼돌렸을 가능성이야."

"김정은을 쥐도 새도 모르게 해외 은밀한 장소로 빼돌려서 두둑하게 한밑천 주고 새로운 신분으로 숨어 살게 했을 거라는 얘기야?"

"그래."

"세 번째가 제일 가능성이 높겠어."

선우는 자신의 왼쪽에 앉은 여자에게 물었다.

"너는 어떻게 생각하지?"

선우를 중심으로 오른쪽에는 혜주가, 왼쪽에는 짙은 선글라스를 쓴 여자가 앉아 있다.

선글라스녀가 공손하게 대답했다.

"저는 김정은을 죽였을 것 같습니다."

선글라스녀 권보영은 대답을 마치고 시선을 정면에 주었다.

현재 그녀는 깊은 최면에 걸린 상태였다.

『상남자스타일』 6권에 계속…

초대형 24시 만화방

신간 100%, 샤워실, 흡연실, 수면실(침대석), 커플석, 세탁기 완비

■ 광명 광명사거리역점 ■

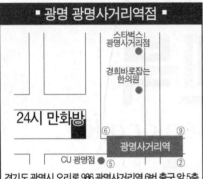

경기도 광명시 오리로 986 광명사거리역 6번 출구 앞 5층
02) 2625-9940 (솔목타워 5층)

■ 강북 노원역점 ■

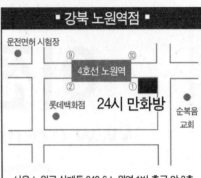

서울 노원구 상계동 340-6 노원역 1번 출구 앞 3층
02) 951-8324 (화용빌딩 3층)

■ 일산 정발산역점 ■

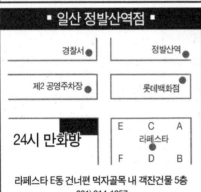

라페스타 E동 건너편 먹자골목 내 객잔건물 5층
031) 914-1957

■ 일산 화정역점 ■

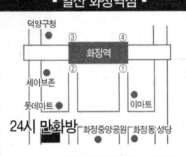

경기도 고양시 덕양구 화정동 984번지 서일빌딩 7층
031) 979-4874 (서일사우나 건물 7층)

■ 부천 역곡역점 ■

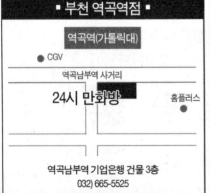

역곡남부역 기업은행 건물 3층
032) 665-5525

■ 부평역점 ■

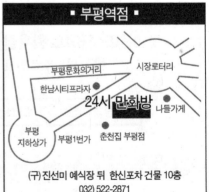

(구) 진선미 예식장 뒤 한신포차 건물 10층
032) 522-2871

킹묵 장편소설

여섯 영혼의 노래, 그리고 가수

FUSION FANTASTIC STORY

서번트 증후군(Savant syndrome).

자폐증을 앓고 있지만,
음악적 재능만큼은 타고난 윤후.

어느 날, 윤후에게 다섯 영혼이 찾아왔다!
그런데… 모두 음악에 관련된 사람들이라고?

여섯 명이 만드는 노래, 그리고 가수.
이 세상 음악 시장에 새로운 지평을 열다.

Book Publishing CHUNGEORAM

유행이 아닌 자유추구 -
WWW.chungeoram.com

FUSION FANTASTIC STORY 류승현 장편소설

리턴 마스터

2041년, 인류는 귀환자에 의해 멸망했다.

최후의 인류 저항군인 문주한.
그는 인류를 구하고 모든 것을 다시 되돌리기 위하여
회귀의 반지를 이용해 20년 전으로 돌아갔다. 하지만……

"어째서 다른 인간의 몸으로 돌아온 거지?"

그가 회귀한 곳은 20년 전의 자신도, 지구도 아니었다!

다른 이의 몸으로 판타지 차원에 떨어져 버린 문주한.
그는 과연 인류를 구원할 수 있을 것인가!